Achim Fischer

Stellvertreter Nase

Die Auserwählten

Zwei sonderbare Geschichten

AF272564

In „**Stellvertreter Nase**" begibt sich Dominik Steffen in die Uniklinik, um ein vermutetes Karzinom aus seiner Nase herausschneiden zu lassen, und als anregende Lektüre für die Tage wählt er Nicolai Gogols berühmte Geschichte „Die Nase". Absonderliche Vorfälle häufen sich in der Klinik, die aber Dominik wenig zu kümmern scheinen. Auch als der Chefarzt ganz zum Schluss vor seinem versammelten Assistentengefolge kundtut, dass das Abtrennen der Nase bei Gogol für sie alle als Chirurgen als Vorbild dienen könne, bestätigt das Steffen eher, als ihn zu beunruhigen.

In „**Die Auserwählten**" führt ein charismatischer Meister seine Gemeinde in immer neue Überraschungen. Jetzt fordert er von den Gemeindemitgliedern, in Zukunft alle neugeborenen Jungen auf den Namen Judas zu taufen, weil dessen Rolle in der Bibel völlig missverstanden werde und er in Wahrheit ein Vorbild sei. Die beiden Freunde Dens und Gebe, die zusammen mit ihrer Frau Ladi eine glückliche Verbindung leben, erwarten ein Kind, einen Jungen. Sie fühlen sich dem Meister verpflichtet, aber schrecken vor der geforderten Namengebung zurück. Eine elegante Lösung ergibt sich, als sie im Rathaus auf den neuen Standesbeamten treffen. Nebenher wird die originellste Antwort auf die Frage geliefert, weshalb Gott das Unrecht auf der Welt zulässt.

Achim Fischer, in Posen geboren, aufgewachsen in Potsdam und München; studierte Pädagogik, Politologie und Publizistik in Bochum und Berlin. Er lebt in Würzburg. Kontakt: achimfischer-och@web.de

Das Cover zeigt eine Grafik von Konrad Grimm

Achim Fischer

Stellvertreter Nase

Die Auserwählten

Zwei sonderbare Geschichten

Bibliografische Information der Deutschen Nationalbibliothek:
Die Deutsche Nationalbibliothek verzeichnet diese Publikation in der
Deutschen Nationalbibliografie; detaillierte bibliografische Daten sind
im Internet über dnb.dnb.de abrufbar.

© 2024, Achim Fischer
Herstellung und Verlag: BoD - Books on Demand, Norderstedt

ISBN: 9783759737007

Inhalt

STELLVERTRETER NASE

Der Neigung nach war Dominik Steffen ein Mensch, der es vorzog, lieber auf eine Ärztin zu treffen, als auf einen Arzt, wenn er schon eine ärztliche Praxis aufsuchen musste. Eine Ärztin, eine Frau eben, schien ihm geeignet zu sein, sich seiner anzunehmen und ein Verständnis für ihn zu entwickeln, das über eine Diagnose und das Ausfüllen eines Rezeptes hinausging. Kranksein oder generell ärztliche Leistung in Anspruch nehmen zu müssen verursachen diffizile Zustände, die Empfindungen unterschiedlicher, meist nicht angenehmer Art auslösen, die gegenüber einer Frau leichter auszudrücken sind. Das war, was er glaubte. Ihm fiel es um vieles leichter, einen Zugang zu einer Ärztin zu finden. Bei einem Mann war er gehemmt und irgendwie immer auf der Hut, etwas Unangenehmes könnte passieren. Zudem verabscheute er die kurz angebundene Art, alles beiseite zu wischen, was nicht von Belang wäre und für das Krankheitsbild keine Rolle spielte. Der Arzt wehrt sich buchstäblich gegen das Eindringen der Außenwelt. Hier in der Praxis, heißt es, werden Beschwerden in Form von überprüfbaren, klinischen Werten dingfest gemacht und daraus die Konsequenzen gezogen. Das gefiel Dominik nicht. Er kam zu der Einsicht, der

Arzt ist lediglich an seinen Symptomen interessiert. Er war sich im Klaren darüber, dass es nicht reichte, ‚ich will gesund werden' zu sagen und sich selbst zum Gesundsein zu zwingen. Allein mit dem Willen käme niemand weiter. Deshalb wählte er einen anderen Weg, der über die Person führte, über die Ärztin, der er vertraute und deren Maßnahmen er heilende Wirkung zuschrieb. Es war die Ärztin, der er vertraute.

Seinem Wunsch, von Ärztinnen behandelt zu werden, kam eine gesellschaftliche Tendenz entgegen, denn zwei Drittel der Studienanfänger im Fach Medizin sind Frauen. Und erst vor kurzem stieg der Frauenanteil an der allgemeinen vertragsärztlichen Versorgung auf über fünfzig Prozent.

Seine Hausärztin war eine Frau, Dr. Sabine Huber-Stratmann, die kompetent und heiter ihre Praxis führte, dabei immer die neuesten Entwicklungen auf dem Medikamentenmarkt scharf im Auge behielt und Impfungen aller Art empfahl. Regelmäßige Coronaimpfungen unbedingt, jährliche Grippeimpfungen sowieso, aber auch Impfungen gegen Gürtelrose, Borreliose und Tetanus. Dabei war sie nicht im Mindesten verstimmt oder gar gekränkt, wenn er ihren Empfehlungen nicht nachkam. Sie hörte sich sogar aufmerksam an, wenn er beispielsweise in einem Artikel gelesen hatte, dass in den USA das blutverdünnende Aspirin in weit höherer Dosis verabreicht würde als hierzulande. Sie versprach, der Sache nachzugehen, was sie denn auch tat und ihm das nächste Mal das Ergebnis mitteilte. Oder wenn er ihr erzählte, er hätte zuweilen mit homöopathischen Mitteln Erfolg gehabt, insbesondere mit Arnica-Globuli C30 nach Verletzungen oder schmerzhaften Eingriffen, dann lachte sie und sagte, mit Homöopathie kenne sie sich nicht aus. Aber wenn es helfe, bitte. Er hatte dabei den Eindruck, Frau Huber–Stratmann suchte gezielt, wenn die Zeit es zuließ, das Gespräch mit ihren Patienten, um so ein besseres Gefühl für deren Verfassung zu gewinnen. Als Dominik sich mit Corona angesteckt hatte und nach einigen Tagen nicht mehr ein und aus wusste vor lauter Husten und Würgen, rief er in der Praxis an und bat um Rückruf. Sie meldete sich bald darauf und beruhigte ihn mit wenigen Sätzen, gab ihm einige Hinweise, wobei sie Verlässlichkeit und Vertrauen ausstrahlte. Er fühlte sich beschützt. Er würde am liebsten sagen, behütet. Einige Worte hatten damals ausgereicht, um ihm die Angst zu nehmen, zu ersticken, und aufzulösen. Sie war ihm vertraut.

Zu Frau Dr. Jutta Almayer, seiner Hautärztin, hatte ihn gleich zu Beginn seine damals neue Hausärztin, Frau Dr. Huber-Stratmann, überwiesen. Sie hatte ihn wissen lassen, dass es angeraten sei, eine dermatologische Praxis aufzusuchen. Dominiks Gesichtshaut wies Unebenheiten, stellenweise Verhornungen und Rötungen auf, die begutachtet werden mussten. Insbesondere über die Stirn und die Wangenknochen zogen sich Knötchen und auffällige Verfärbungen, die er zwar mit Creme und Salben halbwegs kaschieren konnte, aber nicht vor den Augen seiner Ärztin. Diese empfahl ihm, ohne überlegen zu müssen, Frau Dr. Almayer, weshalb Dominik vermutete, die beiden Ärztinnen würden sich kennen, was aber nicht zutraf. Frau Dr. Almayer hatte einfach einen guten Ruf. Sie arbeitete in einer Gemeinschaftspraxis, die stark nachgefragt war, so dass Dominik einige Wochen warten musste, ehe er einen Termin zugeteilt bekam. Das war noch zu Zeiten der Pandemie, und alle rannten mit Masken herum und hatten Abstand zu halten. In der Mitte der Praxis befand sich ein offener Warteraum, wo jeder zweite Stuhl mit einem Signalband verklebt war, was eine zu enge Nachbarschaft der dort wartenden Patienten vermied. In den Gängen rund um den Warteraum öffneten sich Türen, schlossen sich Türen, und die Ärzte und Ärztinnen, medizinische Fachangestellte, Assistenten und Praktikantinnen huschten in blauen Kitteln und mit eiligen Schritten ihren Aufgaben hinterher. Dominik wurde dann aufgerufen und folgte einer Angestellten in ein kleines Untersuchungszimmer, wo ihm eine Reihe von standardisierten Fragen gestellt wurde, die er beantwortete. Die Angestellte verschwand, und nach einer Weile erschien Frau Dr. Almayer und begrüßte ihn mit warmherziger Stimme und einem ebensolchen Lächeln. Später, als er die Gelegenheit hatte, Frau Dr. Almayer vom Warteraum aus zu beobachten, bemerkte er, dass sie immer sehr ernst war und ihr Lächeln erst im letzten Augenblick einschaltete, als sie ihre Hand auf den Türgriff legte, dabei kurz innehielt, wie um sich einen innerlichen Schubs zu geben. Beim Verlassen des Raumes verlosch sofort ihr Lächeln, das sie dem Patienten geschenkt hatte, als sie die Tür hinter sich schloss. Eilig und ernst ging sie weiter. Sie war ihm vom ersten Augenblick an angenehm. Eher zierlich von Gestalt machte sie auf ihn einen Eindruck von Zähigkeit und Verlässlichkeit und von etwas anderem, das ihm bekannt vorkam, ohne sagen zu können, was das sei.

„Ich will Ihnen keine Angst machen", sagte sie, nachdem sie ihn untersucht hatte und dabei mit den Fingerspitzen über seine Gesichts- und Kopfhaut gestrichen war. Sie hatte auch mit einer speziellen Lupe einzelne Stellen in Augenschein genommen und dabei einen besorgten Eindruck auf ihn gemacht. „Da sind eine Reihe von aktinischen Keratosen, die sich zu Hautkrebs entwickeln können."

„Zu Hautkrebs?"

„Aktinische Keratosen als Vorstufe des Plattenepithelkarzinoms …, ja, da ist die Gefahr."

Von den Keratosen hatte Dominik schon

sehr viel früher gehört, schon als Jugendlicher. Man hatte ihn darauf aufmerksam gemacht, und die Ärztin schabte mit einem Instrument raue Unebenheiten von seiner Schläfe, die sie ‚beginnende Keratosen' nannte. Er war nicht weiter besorgt gewesen. Das war unendlich lange her. Man hatte auch von einem seborrhoischen Ekzem gesprochen, mit dem er sich damals abplagte, rot entzündete Streifen von den Nasenflügeln bis hin zu den Mundwinkeln, die kamen und gingen. Es war irgendwie immer unklar. Einmal entzündete sich die gesamte Haut im Gesicht flammend rot, gesprenkelt mit Eiterpünktchen. Man konnte ihm nicht sagen, was das sein sollte. Die Entzündung verschwand nach und nach von allein.

„Waren Sie viel in der Sonne?"

„Ich war unbedacht …, ich habe mich in die Sonne gelegt. Damals war das Hauptziel im Urlaub, möglichst braun zu werden ..., das war so. Ist lange her."

„Sie sind ein heller Hauttyp …"

„Deswegen musste ich in die Sonne."

„Sie hatten häufig Sonnenbrand …"

„Hatte ich …, ja."

Frau Dr. Almayer musterte ihn eingehend, und ihre Miene verriet ihre Sorge. „Das kann man so nicht lassen … Ich werde Ihnen etwas verschreiben, was recht hereinfetzt. Darauf werden Sie sich einstellen müssen …"

Dominik sah sie fragend an.

„Sie werden die Salbe zweimal täglich morgens und abends auf alle befallenen Partien sorgfältig auftragen. Für vier Wochen. Das kann zu unschönen Ergebnissen führen. Die Haut wird sich entzünden, die Herde können sich ausbreiten … An verschiedenen Stellen schält sich die Haut, blättert ab … Stellen Sie sich darauf ein. Wenn es zu arg kommt, müssen Sie es abbrechen. Bei Fieber sollten Sie die Behandlung unbedingt unterbrechen." Sie sprach schnell, und Dominik mühte sich, zu behalten, was sie sagte. Für Frau Dr. Almayer waren ihre Anweisungen völlig klar und verständlich, denn sie hatte sie im Laufe der Jahre in der Art oder in einer ähnlichen Weise tausende Male geäußert. Routine. Dominik hörte sie hingegen zum ersten Mal, und sie betrafen ihn.

Es kam, wie Frau Dr. Almayer es angekündigt hatte. In der ersten Woche war nicht viel zu bemerken. Dominik trug regelmäßig die Salbe zweimal am Tag auf und nahm in der Folge nur schwache Veränderungen wahr. Das änderte sich dann zur

Mitte der zweiten Woche. Hautstellen röteten sich kräftig, entzündeten sich, die Entzündung breitete sich allmählich aus, bis sie die gesamte Gesichtsfläche einnahm und sich über die Stirn bis zum Haaransatz hinzog. Bald darauf schuppte sich die Haut, löste sich nach und nach und blätterte ab. Als er immer matter wurde und Fieber bekam, setzte er die Salbe ab. Daraufhin kehrte sich der Prozess um, und die Heilung begann. Stück für Stück erholte sich die Haut, und mit zunehmender Dauer machte die Genesung Fortschritte, die unebenen, geröteten Partien verblichen langsam und verschwanden schließlich. Als Frau Dr. Almayer bei seinem nächsten Termin mit ihrem Finger über die Haut fuhr, meinte sie, es würde sich glatt wie ein Babypopo anfühlen. Ihm gefiel ihre Äußerung, denn den Zustand seiner Gesichtshaut hatte sie damit beschrieben, was kein schlechtes Bild war, und obendrein hätte ein Arzt diesen Vergleich niemals gewählt.

Es blieb nicht bei dem Babypopo. Erneut traten Entzündungen auf, Rötungen oder schorfige Verhornungen, die zum Teil vereist wurden, zeitweise mit Salben oder mit aggressiven Tinkturen angegangen werden mussten. Dann zeigte sich an einer Stelle am linken Nasenflügel, nachdem eine in Folie sorgfältig verpackte Essenz über mehrere Tage appliziert wurde, eine auffällige Verknotung. Frau Dr. Almayer begutachtete die Stelle sorgsam von mehreren Seiten und meinte, die zur Anwendung gekommene Essenz hätte die auffällige Verknotung demaskiert und somit sichtbar gemacht. ‚Demaskiert' hat sie gesagt, und ‚jetzt sieht sie es', hat sich Dominik gedacht. Sie ließ Dominik ein Formular unterschreiben, in dem er seine Einwilligung zu einer operativen Entfernung der fraglichen Stelle gab.

Eine Woche später kletterte er auf eine schmale Liege, mit Papiertuch abgedeckt, das unter ihm dauernd ins Rutschen geriet. Wie war es erst für schwergewichtige oder bewegungssteife Menschen möglich, sie zu erklimmen? Er hielt sich am Rand der Liege fest, während Frau Dr. Almayer die Spritze zur örtlichen Betäubung in die Hand nahm - „Vorsicht, pikst jetzt" - und kurz darauf das Skalpell ansetzte. Sie scherzte noch, dass seine Nase so fein, ja zierlich sei und wenig Angriffsfläche böte. Dominik hielt während der Prozedur die Augen geschlossen. Nach getanen Schnitten wurde mit Nadel und Faden genäht, und Dominik schob sich nach einer kurzen Besinnung, vorsichtig mit den Beinen den Boden ertastend, von der Liege, die Papierabdeckung mitschleifend. Um aufkommende Schmerzen zu unterbinden, nahm er vier Kügelchen Arnica C30.

Das Operationspräparat wurde zur histologischen Untersuchung eingeschickt, und als Dominik zum nächsten Termin in die Praxis kam, teilte Frau Dr. Almayer ihm mit, die Befürchtungen hätten zu Recht bestanden, der Befund ergäbe Krebs. Sie sprach das Wort ‚Krebs‘ diesmal gar nicht aus, sondern sagte mit dem Ausdruck von Bedauern: „Ja …, es ist es." Da es weißer Hautkrebs war, sorgte sich Dominik nicht weiter, in der Annahme, ernst zu nehmen sei lediglich der schwarze Hautkrebs. Über den wisse man allerdings nur Übles zu berichten. Er ging weiterhin in regelmäßigen Abständen zu Frau Dr. Almayer und ließ sich untersuchen. Nach einiger Zeit entdeckte sie an seinem linken Nasenflügel, eben demselben, eine weitere, diesmal größere Auffälligkeit, die operativ entfernt werden musste. Wieder das Formblatt, das unterschrieben werden musste, das Ausbalancieren auf der mit dem rutschigen Papier bedeckten Liege, der Piks der Spritze für die örtliche Betäubung, die Schnitte mit dem Skalpell, die Gewinnung des Präparats und schließlich das Vernähen mit Nadel und Faden. Allerdings, so sagte Frau Dr. Almayer, sei das ausgeschnittene Gewebe derart brüchig, dass sie sich wenig Hoffnung mache, vom Histologen einen eindeutigen Befund zu erhalten. Dominik nahm gegen die zu erwartenden Schmerzen vier Globuli Arnica C30.

Beim Folgetermin teilte sie ihm mit, dass der Bericht des Histologen, wie sie vermutet hatte, wenig Konkretes enthielt, da das Gewebe in mehrere Teile zerfallen, eben brüchig sei, und sein Zustand keine eindeutige Schlussfolgerung zulasse. Ja nun? Um auf der sicheren Seite zu sein, würde sie vorschlagen, sagte Frau Dr. Almayer, dass er sich stationär in die Hautklinik begebe und dort etwa eine Woche bleibe, eine Woche müsse man schon veranschlagen. Dort hätte man andere Möglichkeiten, als in ihrer Praxis. In der Hautklinik würde man ein größeres Stück aus dem Nasenflügel herausschneiden können und hätte mit Hilfe der Express-Histologie schon in ein paar Stunden das Resultat, so dass man gleich am nächsten Tag nachschneiden könnte, wenn beim ersten Schnitt nicht alles erfasst wäre. Die Chirurgen würden nach dem ersten Schneiden in die entsprechende Öffnung in der Nase einen Stellvertreter einsetzen, um dann später mittels Hauttransplantation …

Als Dominik hörte, dass ein Stellvertreter in seinen Nasenflügel eingesetzt werden sollte, geschah etwas ganz und gar Sonderbares. Er konnte den weiteren Worten von Frau Dr. Almayer nicht mehr folgen, vernahm nur noch ihre Stimme, ohne den Sinn des Gesagten zu erfassen, und verspürte einen unwiderstehlichen Drang, sich für eine Woche in die Hautklinik zu begeben, um den Stellvertreter kennenzulernen. Dieser sonderbare Wunsch ließ sich kaum erklären, allenfalls dadurch, dass Dominik ‚Die Nase‘ von Nikolai Gogol gelesen hatte, wofür er ein andauerndes, ungewöhnliches Vergnügen empfand. Die fantastische Erzählung aus dem Jahr 1836 gehört zu den Petersburger Novellen und hatte Gogols Ruhm begründet. Die Erzählung vermischt vertraute, alltägliche Begebenheiten mit einer absurden, völlig unrealen Handlung, deren Sog Dominik erlegen war.

„Am 25. März ereignete sich in Petersburg eine ganz ungewöhnliche, seltsame Begebenheit. Der Barbier Iwan Jakowlewitsch erwachte ziemlich früh und spürte den Duft frischgebackenen Brotes. Er richtete sich in seinem Bett ein wenig auf und sah, dass seine Frau, eine ziemlich ehrenwerte Dame, die sehr gern Kaffee trank, aus dem Ofen soeben ausgebackene Brote zog … Iwan Jakowlewitsch zog anstandshalber einen Frack über das Hemd, setzte sich an den Tisch, schüttete sich Salz aus, machte sich zwei Zwiebelköpfe zurecht, nahm das Messer zur Hand, zog ein bedeutsames Gesicht und begann, das Brot zu schneiden. Nachdem er das Brot in zwei Hälften geschnitten hatte, sah er mitten hinein - und zu seinem großen Erstaunen erblickte er etwas Weißliches. Iwan Jakowlewitsch stocherte vorsichtig mit dem Messer daran herum und befühlte es mit dem Finger. »Ganz fest!«, murmelte er in den Bart. »Was mag denn das sein?« Er steckte die Finger hinein und zog - eine Nase heraus …! Da ließ Iwan Jakowlewitsch die Hände sinken, begann sich die Augen zu reiben und zu tasten: Eine Nase, wirklich eine Nase …! Iwan Jakowlewitsch war aber mehr tot, als lebendig: er erkannte, dass die Nase dem Kollegienassessor Kowaljow gehörte, den er jeden Mittwoch und Sonntag zu rasieren pflegte."

Die Praxis hatte sich, nachdem Dominik durch kurzes Nicken seine Zustimmung gegeben hatte, daraufhin an die Hautklinik gewandt, um einen Termin für ihn zu vereinbaren, zu dem er sich vorstellen und seinen Aufenthalt vorbereiten sollte. Man hatte ihm noch eingeschärft, wenn die Klinik sich innerhalb der nächsten vierzehn Tage nicht bei ihm melden sollte, müsste er dort unbedingt anrufen. Die vierzehn Tage vergingen ergebnislos. Am fünfzehnten Tag rief Dominik seinerseits in der Klinik an, vielmehr war es die Pforte der Klinik, die Vermittlung, die er erreichte. Die Schilderung seiner sich daran anschließenden Bemühungen, die für die Terminvergabe zuständige Person zu erreichen, würde viel Zeit beanspruchen und vieler Wiederholungen bedürfen. Wir unterlassen das. Am Ende erreichte er sein Ziel, und ihm wurde Tag und Zeit seines Erscheinens mitgeteilt.

Die vorstationäre Vorstellung begann mit einer kleinen Enttäuschung. Es war nicht das lange Warten, auf das man ihn vorbereitet hatte, was ihn störte. Er sollte sich um acht Uhr einfinden, traf auf eine Reihe von Wartenden in einem von fahlem Licht schwach erleuchteten Raum, die nach gezogenen Nummern aufgerufen wurden, und nahm Platz. Er ließ den Mantel an. Es war kalt, es war Dezember, und man kann dem Dezember nicht vorwerfen, wenn es kalt ist. Die Klinikgebäude aus gelblichem Kalkstein waren Anfang des 20. Jahrhundert, ab 1912, wie es hieß, erbaut worden, noch in der Kaiserzeit. Erhabene Gemäuer mit großzügigen Grundrissen, hohen Fenstern und noch höheren Wänden und breiten Fensterbrettern und Fluren. Wahrscheinlich nicht so leicht warm zu bekommen. Das jahrhundertalte Gebäude mit seinem Ebenmaß sagte ihm zu, und er verlor sich in Betrachtungen. Seine Nummer erschien zu gegebener Zeit, und er betrat die Anmeldung, wo er von einer der beiden dort tätigen Damen aufgenommen wurde. Namen, Geburtsdatum, Telefonnummer, natürlich wollte sie das wissen, wen man im Ernstfall verständigen sollte, wer ihn überwiesen hatte …, allerlei eben. „Sind Sie Allergiker?", fragte sie. „Nehmen Sie Medikamente, nehmen Sie Blutverdünner, tragen Sie einen Herzschrittmacher, wie sieht es mit Zucker aus?" Allerlei eben. Als alles gefragt war, alles notiert und in einer Mappe verstaut, entließ man ihn und wies ihn an, im ersten Stock Zimmer 37, das Arztzimmer, aufzusuchen. Dort stünden Stühle, und er möge sich dort gedulden, bis der Arzt ihn aufrief.

Er war darauf hingewiesen worden, für seine Verpflegung selbst Sorge zu tragen, denn die Aufklärungsgespräche und Untersuchungen könnten sich bis in den Nachmittag hinstrecken, was dann auch zutraf. Er solle ausreichend Zeit einplanen, wobei das Warten den allergrößten Raum einnahm, wofür er Verständnis hatte. Wie sollten die komplizierten Abläufe in einer Klinik anders getaktet werden, als mit großen Abständen. Der Rhythmus in einer Klinik gleicht nicht dem einer Fertigungsstraße für Motorblöcke, kann er doch nicht -, das war einzusehen. Er setzte sich und ließ seine Blicke zu seiner Linken und zu seiner Rechten über den Gang wandern. Dann las er in seinem Buch, erhob sich nach geraumer Zeit und begann, den langen Flur auf- und abzugehen. Setzte sich wieder und holte sein belegtes Brot aus der Tasche und aß es langsam. Er erhob sich und begann aufs Neue, auf- und abzugehen. Wie gesagt, die Flure sind sehr breit, so dass er mit seinem Gang den Krankenhausbetrieb nicht störte. Schwestern kamen und gingen, schoben Wägen mit gebrauchter Wäsche oder Klinikartikeln an ihm vorbei oder eilten im Sauseschritt zu einem in Notgeratenen. Auch Patienten in ihren Betten wurden gelegentlich durch die Gänge gefahren, um in einem anderen Zimmer abgestellt oder in den OP-Bereich gebracht zu werden. Entlang der Wände waren in Hüfthöhe Holzpaneele angebracht zum Schutz der Wände, wenn zwei sich begegnende Betten ausscherten und doch einmal an ihnen entlangschrammen sollten. Er begann schon, einzelne Schwestern zu unterscheiden, nachdem sie mehrmals seinen Weg gekreuzt hatten, und schnappte Namen auf. Schwester Gisela hieß eine, die sich mit einem Wagen voller Kaffeetassen näherte, hielt vor jedem Zimmer und schenkte dort den Kaffee aus. Als sie ihn erreicht hatte, bot sie ihm ebenfalls eine Tasse an. Das war ausgesprochen nett, denn er war doch noch gar kein richtiger Patient, und er bedankte sich. Richtig nett. Ihm gefiel es.

Am auffälligsten war eine Schwester, die mit energisch ausgreifenden Schritten des Öfteren an ihm vorbeigekommen war und ihm auch schon gleich am Anfang bei seiner Suche nach Zimmer 37 begegnet war. Sie hatte ihn mit einem erfreuten ‚Hallo' begrüßt, wobei sie ihre beiden Arme mit geöffneten Händen anhob, womit sie ihn willkommen zu heißen schien. Das hatte Dominik gleich gefallen. Ihr blondes Haar hatte sie nach hinten gekämmt, wie in einem Windstoß versteift, wie eine Strohmatte, und sie führte meistens das Wort, wenn sie in Begleitung anderer Schwestern war. Sie sprach mit ungewohnter Geschwindigkeit und ihre Aussprache war kehlig, dennoch angenehm. Sie war Spanierin, kam aus der Gegend von Santiago de Compostela, wie er später erfuhr. Sie hatte einen aufmerksamen, klugen Ausdruck in ihren großen dunklen Augen. Während sich die Stunden des Wartens hinzogen, warf sie ihm immer wieder kurze Bemerkungen zu, wenn sie an ihm vorbeirauschte. „Ein Irrenhaus …, das reinste Irrenhaus" oder „Geduld, Geduld …, sie lassen einen warten." Dazu begleitete sie das Gesagte pantomimisch und deutete an, dass sie das kenne und ihn bedauere. Er versuchte sich daran, ihr mimisch zu antworten, dass das alles nicht so schlimm sei, schließlich sei er hier, um zu warten …

Etwas später, als er vornübergebeugt auf seinem Stuhl saß und leer vor sich hinschaute, stoppte sie ihren raschen Schritt, ging in die Knie, so dass sie auf Augenhöhe mit ihm kam, fragte, wann er hier einchecken werde, am Sonntag, am Montag oder wann.

„Am Sonntag", sagte er.

„Ea! Da hab' ich Abendschicht … Sie brauchen für Fernseher und Radio einen Kopfhörer … Bringen Sie sich einen von zu Hause mit, sonst müssen Sie ihn kaufen."

„Ich muss sehen, ob … Er kostet nicht so viel, habe ich gelesen."

„Zwei Euro …, zwei Euro sind zwei Euro." Sie erhob sich und zeigte eine Mimik, die besagte, zwei Euro sind eben zwei Euro, hob die Augenbrauen weit an und streckte ihm zwei Finger theatralisch entgegen. Das sei schon richtig, dachte Dominik und war beeindruckt, wie sie sich ins Zeug legte, zwei Euro sind zwei Euro.

Bald nach fünfzehn Uhr öffnete sich die Tür, in deren Nähe er die Zeit über ausgeharrt hatte. „Herr Dominik Steffen", ein sehr junger Arzt rief ihn mit Namen auf, stellte sich seinerseits vor und bat ihn, einzutreten. Es war so weit. Der ursprüngliche Hinweis auf die Aufklärungsgespräche und Untersuchungen erwies sich als übertrieben, aber es ist auch schwer, hierbei das rechte Maß zu finden, und lieber betont man etwas stärker, als notwendig, als dass man es klein redet oder unterschlägt. Da gab es keinesfalls große Gespräche und Untersuchungen, alles war schon entschieden, er würde am kommenden Montag operiert werden. Also die üblichen Anweisungen und einige Fragen: „Leiden Sie unter Allergien, nehmen Sie Blutverdünner, sind Sie zuckerkrank, Herz-Kreislaufprobleme, tragen Sie einen Herzschrittmacher?" Dominik hatte die Fragen schon bei der Anmeldung beantwortet, aber vielleicht hatte die Anmeldung ihr eigenes Archiv, das gehütet wurde, oder man wollte sehen, ob er beim zweiten Mal abweichende Antworten gab und sich widersprach. Zugegen waren immerhin vier Personen in weißen Kitteln, von denen drei Ärzte waren und ein Student in Ausbildung. Der junge Arzt, der ihn hereingebeten hatte, übergab die Führung des Gesprächs gleich an einen älteren Kollegen, der auch noch recht jung war, aber eben älter als der junge Kollege, der Dominik hereingebeten hatte. Der ein wenig ältere Arzt, sehr sympathisch, erklärte ihm den zu erwartenden Ablauf der Operation in der nächsten Woche. Man werde örtlich betäuben … Er ließ eine kleine Pause entstehen, um Dominik die Gelegenheit zum Widerspruch zu geben, aber Dominik war ganz und gar einverstanden und verspürte keine Neigung, sich ganzkörperlich narkotisieren zu lassen. Die linke Seite der Nase werde aufgeschnitten, fuhr er fort und deutete auf die angesprochene Seite. Die fragliche Stelle, wo der Tumor vermutet werde, sodann exzidiert und histologisch untersucht. Das Ergebnis liegt nach wenigen Stunden vor …, geht per Express … Dann könne man sehen, ob am nächsten Tag noch einmal großzügiger nachgeschnitten werden muss oder ob es ausgereicht hat. Dort, wo exzidiert worden ist, werde man … Dominik konnte oder wollte den Ausführungen nicht in allen Einzelheiten folgen, als wieder die Rede von der Hauttransplantation war, bei der man Haut vom Oberarm nehmen würde, mit der man die Öffnung schließen werde, von der Nasenschleimhaut, die man von oben herunterziehen müsse …, und wartete, ob das Stichwort ‚Stellvertreter' fiel. Als der sympathische Arzt nach einiger Zeit geendet hatte, ohne dass der ‚Stellvertreter' genannt worden war, fragte Dominik: „Sagt Ihnen in diesem Zusammenhang das Wort ‚Stellvertreter' was?"

Der Arzt sah ihn ohne erkennbaren Ausdruck an: „Nein."

Hier setzte bei Dominik die kleine Enttäuschung ein, in die sich auch Verwunderung mischte, denn wie konnte es sein, dass hier in der Hautklinik der Stellvertreter unbekannt ist, den doch Frau Dr. Almayer angekündigt hatte. Einen Stellvertreter sollte die Nase erhalten.

„Sagt Ihnen ‚Die Nase' von Gogol etwas?"

„Nein …, die Nase von …, wessen Nase?"

„Gogol."

„Nein … Wir werden Sie am Montag operieren … und eine Woche werden wir Sie hierbehalten. Damit müssen Sie schon rechnen."

„Dann ist Weihnachten …!"

„Vielleicht können wir Sie ausnahmsweise schon am Samstag entlassen. Wir werden sehen …, vielleicht."

„Operieren Sie mich?"

„Es kann nämlich zu Komplikationen führen, wenn … Wir dürfen Sie nicht zu früh gehen lassen. Es besteht Infektionsgefahr. Damit ist nicht zu spaßen."

„Operieren Sie mich?"

„Man darf das nicht auf die leichte Schulter nehmen und sollte den Heilungsprozess unbedingt stationär begleiten. Alles andere wäre leichtsinnig

… Wir wollen das Risiko möglichst klein halten.“

„Werden Sie mich operieren?“

„Damit ist nicht zu spaßen.“

„Sind Sie es, der mich operiert?“

„Nein, ich bin nächste Woche nicht im Hause.“

„Ich werde Sie operieren.“ Die junge Ärztin, die bisher im Hintergrund geblieben war und nichts gesagt hatte, sprach Dominik an und trat einen Schritt auf ihn zu. Sie betonte das ‚ich‘. Er wandte sich um, sah sie erstaunt an, eine zartgliedrige Gestalt, und verbeugte sich dann ein wenig: „Sehr erfreut.“

„Ich bin Marion Mertens. Ich werde Sie operieren …, und“, fügte sie leise hinzu, „zu dem Stellvertreter kommen wir noch.“

Er war wirklich erfreut, denn er traute der Motorik und den feinen Händen der jungen Frau alle Kunstfertigkeit zu.

Drei Tage danach, der Sonntag, an dem Dominik Steffen die Klinik aufsuchte, war ein sonniger, windstiller Dezembertag. Man erwartete ihn erst am späten Nachmittag in der Klinik, weshalb er sich entschloss, seinen üblichen Gang zu unternehmen, entlang der Kürnach bis hin zur Weißen Mühle und zurück am entgegengesetzten Ufer, was eine knappe Stunde in Anspruch nahm. In der Regel waren wenig Spaziergänger unterwegs, auch an diesem sonnigen Sonntag, was ihn immer wunderte, denn der angrenzende Stadtteil hat weit über zehntausend Bewohner. Die Sonne schien ihm auf den Rücken, und er spürte ihre Wärme durch den Mantelstoff. Es war der 17. Dezember, und er dachte sich, wie kräftig sie noch wärmt, die Sonne. Bei seinem nächsten Spaziergang, nach der Operation, würde er sagen, falls die Sonne ebenfalls schien, wie kräftig sie schon wärmt. Es gibt immer ein Vorher und ein Nachher.

Als Dominik in sein ihm zugewiesenes Zimmer in der Klinik eintrat, war er überrascht, denn er hatte die feste Vorstellung von einem Zweibettzimmer vor Augen gehabt, und nun befanden sich drei Betten im Zimmer. Zwei Betten hatten schon zwei alte Männer in Beschlag genommen und waren dabei, ihre Siebensachen unterzubringen und sich einzurichten. Die beiden waren offensichtlich vorzeitig eingetroffen, und obwohl die Uhr gerade mal fünf anzeigte, waren sie dabei, ihre Schlafanzüge anzuziehen und sich zur Ruhe zu begeben. Dominik trat an sein Bett, das an der Wand stand, gegenüber den beiden anderen Betten. Er versuchte sich zurechtzufinden. Öffnete seinen Rollkoffer und verstaute seine Kleidung in einem Schrankfach, ging ins Badezimmer, das ihn auch überraschte, denn es war winzig und bot kaum Platz für seine Utensilien. Bei genauerem Hinsehen war es dennoch ausreichend, und Dominik wäre der Letzte, der sich beschweren wollte. Es war ihm alles sehr recht. Er ging wieder zu seinem Bett, das in den nächsten Tagen sein Stützpunkt sein würde, und entdeckte an der Wand eine Leiste, die eine Vielzahl von Steckdosen aufbot, in die er sein Laptopkabel einsteckte und das vom Smartphone. Er hatte zwei Bücher dabei, eines über den Untergang von Pompei und von Nikolai Gogol ,Die Nase', die er sichtbar auf den Tisch legte. Obenauf ,Die Nase'.

Schon das Abendessen, das bald darauf von einer Schwester gebracht wurde, ließen sich die beiden im Bett servieren. Es gab für diesen Zweck eine am Bett angebrachte, schwenkbare Tischplatte, auf der alles Platz fand. Sie saßen kissengestützt aufrecht, zogen sich die nierenförmige Tischplatte vor den Bauch und begannen unbefangen zu essen, als ob sie im Wirtshaus säßen.

Dominik setzte sich an den Tisch am Fenster. Die Schwester hatte das Tablett vor ihn gestellt und guten Appetit gewünscht. Er nahm die Abdeckung von seiner Plastikschale und musterte mit Wohlgefallen sein Essen. Die drei Männer waren sich, als dann die Gespräche flüssiger liefen und die ersten Erfahrungen ausgetauscht waren, einig über die Qualität des Essens. Das galt für das Mittagessen, für das Abendbrot und insbesondere für das Frühstück. Oskar, dessen Arme, dessen Kopf, dessen Rücken mit großen schwarzen Flecken übersäht waren, ließ sich jeden Morgen in seinem starken spessartfränkischen Dialekt vernehmen, dass das Frühstück das Beste am Tag sei. Er hatte zwei Roggensemmeln, zwei Tassen Kaffee und Butter und etwas Wurst und Marmelade bestellt und stürzte sich auf sein Frühstück.

Jeden Vormittag klopfte es an der Tür, und Frau Schimmel trat ein. Im Gegensatz zu allen Schwestern, die ein Schildchen mit ihrem Vornamen an ihrem Kittel trugen, stand bei Frau Schimmel ihr Nachname darauf. Also Frau Schimmel. Was sie denn am nächsten Tag zu essen wünschten, fragte sie und stellte ihr Angebot vor. Sie tippte auf ihrem Tablet die gewählten Essen ein. Es war erstaunlich und erinnerte ein wenig an den Komfort einer Gruppenreise, deren Teilnehmer in einem guten Hotel untergekommen waren und zu jeder Mahlzeit nach ihren Wünschen gefragt wurden. Man konnte zwischen mehreren Gerichten wählen, sich sogar zu Dominiks großem Erstaunen vegan ernähren. Er wollte das nicht, aber es war erstaunlich, vegane Kost anzubieten, denkt man nur ein Jahrzehnt zurück. Vegetarisch sowieso. Man konnte zwischen

Salat und Süßem wählen. Fielen die Wünsche zu üppig aus oder waren zu ausgefallen, verneinte Frau Schimmel mit dem freundlichsten Lächeln der gesamten Klinik, in diesem speziellen Fall wäre das leider nicht möglich. Das war einzusehen.

Dominik verstand Oskar nur mit Mühe und fragte sich, was der Thüringer Karl, der neben ihm sein Bett hatte, von Oskars Äußerungen mitbekam. Doch die beiden tauschten zuweilen ihre Standpunkte aus, wobei er sich nicht sicher war, inwieweit sie aufnahmen, was der jeweils andere sagte. Karl, Mitte achtzig, litt unter einem langgestreckten, parallel verlaufenden Tumor, der sich von seiner Glatze in die Schädeldecke fraß und schon mehrmals operiert werden musste. Auf seinem Kopf türmte sich ein Verband. Karl trank zu wenig nach der ersten Operation. Er litt am übernächsten Tag unter Gleichgewichtsstörungen und halluzinierte besonders in der Nacht, indem er mit seiner Frau sprach und jammerte. Er hatte Schmerzen, und die Mittel, die er bekam, halfen wenig, sagte er. Tagsüber schlief er viel. In der Nacht geisterte er umher und wollte von Dominik Ratschläge einholen. Dominik fuhr ihn an, schickte ihn in sein Bett und erinnerte ihn während des Tages, alle Stunde zu trinken, was Karl auch folgsam tat und was seinen Zustand besserte. Man konnte mit ihm wieder vernünftig reden. Dass Karl zu wenig trank, hatte Dominik von der spanischen Schwester, die er aber nicht Schwester nannte. Er hatte eine Scheu davor, sie Schwester zu nennen. Sie hieß Haya, dennoch sprach er sie auch nicht mit ihrem Namen an. Er sagte zwar Schwester Paula, Schwester Gisela oder Schwester Julia zu den anderen Schwestern, aber er sagte nicht Schwester Haya. Haya bedeutete Buche oder Rotbuche, ein häufig auftretender Baum in ihrer Gegend. Wenn sie in das Zimmer kam, blieb sie eine Weile und erkundigte sich bei jedem, wie es ihm gehe. Dabei strahlte sie etwas aus, das sie alle aufleben ließ, als ob sie frischen Sauerstoff zu atmen bekämen. Haya maß den Blutdruck, hielt das digitale Fieberthermometer an die Stirn, setzte die Spritze gegen Thrombose. „Wollen Sie die Spritze in den Popo oder lieber in die Bauchfalte? Eh!? Ich würde vorschlagen, nehmen wir lieber die Bauchfalte …, das ist einfacher … Welche Seite …? Ja, dann diese, das nächste Mal die andere Seite … Ich werde Sie daran erinnern." Sie nahm ein Stück der Bauchfalte zwischen Daumen und Zeigefinger und … Piks. Sie erkundigte sich nach dem Stuhlgang, dessen Vollzug man besser bejahte, sonst drohte einem eine induzierte Darmentleerung, was aber Dominik nicht ganz ernst nahm, wenn er Hayas Mienenspiel richtig deutete, und ihr Mienenspiel war deutlich. Während ihrer Anwesenheit erzählte sie allerlei, was ihr durch den Sinn ging. Als sie von Karls Schwindelanfällen und seinem nächtlichen Umhergeistern erfuhr, stoppte sie ihren Redefluss und sagte dann in einer beinah entrückten Tonlage, wobei sie die Augen verengte: „Herr Küster trinkt zu wenig." Dominik achtete von da an, dass Karl Küster regelmäßig sein Wasserglas leerte.

„*Der Kollegienassessor Kowaljow erwachte ziemlich früh und machte mit seinen Lippen ‚Brrr …‘, wie er es stets beim Erwachen tat, ohne den Grund dafür angeben zu können. Kowaljow streckte sich und ließ sich den kleinen Spiegel geben, der auf dem Tische stand. Er wollte sich den Pickel ansehen, der am Tag vorher auf seiner Nase erblüht war; zu seinem größten Erstaunen sah er aber an Stelle der Nase eine vollkommen glatte Fläche! Kowaljow erschrak, ließ sich Wasser geben und rieb die Augen mit dem Handtuch: die Nase war wirklich weg! Er fing an, die Stelle mit der Hand zu befühlen, kniff sich ins Fleisch, um festzustellen, ob er nicht schlafe: nein, er schlief wohl nicht. Der Kollegienassessor Kowaljow sprang aus dem Bett und schüttelte sich - die Nase war noch immer weg …! Er ließ sich sofort seine Kleider geben und machte sich auf den Weg, direkt zum Oberpolizeimeister.*"

Dominik legte das Buch beiseite. Die Krankenhausnacht war angebrochen. Er war rechtzeitig müde geworden, was ihm gefiel, denn er wollte am nächsten Tag ausgeschlafen sein, wenn sie ihm in die Nase schnitten. Die beiden anderen schliefen schon oder dämmerten vor sich hin, wer weiß das schon. Das Nachtlicht blieb zur Orientierung an, schimmerte schwach, und im Badezimmer brannte ohnehin Tag und Nacht die Deckenlampe, damit niemand strauchelte, wenn er ins Bad tappte. Eine vollständige Ruhe trat ohnehin nicht ein. Die Nachtschwester tauchte mehrmals auf, und immer wieder musste einer das Bad aufsuchen und die Spülung betätigen. Ihm sagte dieser gedämpfte Puls der Nachtzeit zu. Er fühlte sich in seinem Bett geborgen, in Gesellschaft von Oskar und Paul und der Fürsorge der Schwester. Er kuschelte sich zusammen und empfand Gutes, bis er einschlief.

Am nächsten Morgen wurden sie früh informiert, dass Karl als Erster um zehn Uhr im Operationssaal erwartet werde und Dominik um halbzwölf. Da war noch genügend Zeit. Sie frühstückten in Ruhe und lobten den Kaffee, die frischen Brötchen und das Übrige, die Marmelade, den Honig, den Frischkäse. Man hatte ihnen diesmal einen extra Ring Mettwurst beigelegt. Bald nachdem die Servicekraft die Tabletts abgeräumt hatte, wurde die Tür geöffnet, und die Visite trat ein. An der Spitze der Oberarzt, ein alerter, sehniger Mann in einem gestärkten Kittel, mit glattrasiertem Kopf und einer randlosen Brille, durch die er prüfend seine Umgebung ins Auge fasste. Im Schlepptau ein halbes Dutzend Assistenzärzte und PJler, in genauer Abfolge ihrer Stellung in der Hierarchie, die sich im Halbkreis um das Bett von Karl gruppierten. Auf der anderen Seite des Bettes in fordernder Haltung der Oberarzt. Er streckte seine Hand aus und ließ sich vom ersten Assistenzarzt die Unterlagen reichen, schlug sie auf, klappte sie wieder zu.

„Zeigen Sie mir die Verbindung zwischen den beiden Tumoren", sagte er, nachdem der Verband entfernt wurde. „Ich sehe sie mir gerne an."

Der Assistenzarzt, der in den Unterlagen offenbar eine Verbindung zwischen den beiden Tumoren auf der Kopfhaut notiert hatte, ist betreten und beugt sich über den Kopf des alten Thüringers und murmelt etwas, was nicht zu verstehen ist.

Der Oberarzt beugt sich jetzt über den Kopf von Karl, richtet sich wieder auf und steckt beide Hände mit auswärts gerichteten Daumen in die Seitentaschen seines Kittels. „Sehen Sie sich seine Kopfhaut an. Ich sehe keine Verbindung …, da ist keine Verbindung zwischen den Tumoren." Er tritt einen Schritt zurück und blickt an dem Assistenzarzt vorbei. „Sie können mir die Verbindung gerne zeigen, wenn Sie sie sehen."

Der Assistenzarzt untersucht erneut den Schädel des Thüringers und flüstert etwas, während er mit dem Finger auf Karls Haupt deutet.

„Ich sehe keine Verbindung", sagt der Chef, „da sind zwei selbständige Tumore … Wir werden sie operieren."

Der Oberarzt wendet sich Dominik zu, seine Begleitung vollzieht den Schwenk mit ihm. Dominik sitzt angezogen auf dem Bettrand und hält sein Buch in den Händen. Vielleicht erkennt der Oberarzt das Buch, er hat einen kurzen Blick darauf geworfen und seine Attitüde ist nicht mehr von oben herab. Auf Dominik macht er jetzt einen freundlichen Eindruck, vielleicht ist er sehr umgänglich, vielleicht ist es seine Aufgabe, seine Untergebenen auf Fehler hinzuweisen. Er stellt eine Frage, wie es ihm gehe, nickt wohlwollend, als Dominik sagt, es gehe ihm gut, winkt ab, als ihm jemand die Unterlagen reichen will, und zieht nach kurzem Stopp bei Oskar samt Gefolge ab.

Im Kellergeschoß gab es drei Operationsteams, die in drei Operationssälen arbeiteten. Bei Oskar unterließ man weitere OP-Termine, da sie keinen Nutzen bringen würden. Er war nur zur regelmäßigen Begutachtung einbestellt. Für Karl und Dominik waren schon gleich früh die Kittel bereitgelegt worden, die sie tragen mussten. Die Schwester half Karl beim Ausziehen des Schlafanzugs und beim Anziehen des Kittels und legte ihm einen zusätzlichen wachstuchartigen Umhang gegen die Kälte um und eine Decke über die Knie. Er wurde in den Rollstuhl gesetzt, und die Schwester fuhr ihn zum Fahrstuhl, mit dem er in den Keller gelangte. Entgegen der Ankündigung war Dominik gleich darauf an der Reihe. Eine Schwester eilte herein, schalt ihn, weil er seine Kleider nicht abgelegt und die Kittel-Umhang-Kombination noch nicht angezogen hatte. Sein Termin sei vorgezogen worden, und sie habe genau sieben Minuten Zeit für jeden Patienten, um ihn in den OP zu bringen, sonst bekäme sie Ärger.

„Sie machen Druck", sagte sie. In Windeseile zog er sich um, damit die Schwester keinen Ärger bekäme, und ging mit ihr zusammen, um den ständig besetzten Aufzug zu meiden, die Treppen hinab in das Untergeschoß in den OP-Bereich. Sie öffnete eine Tür zu einem geschlossenen Vorraum, wo allein ein Rollstuhl stand, in den er sich setzen musste. Die Schwester hatte ihre sieben Minuten aufgebraucht und verschwand. Dafür schob sich auf der gegenüberliegenden Seite eine schwere Tür auf. Ein kräftiger, bärtiger Pfleger trat auf ihn zu, nahm ihm sein Taschentuch ab, das er bei sich hatte, um sich bei Bedarf die Nase zu putzen, wobei er ihm versicherte, er bekäme ein neues, wenn sie in den sterilen Bereich gelangten. Der Pfleger hat Wort gehalten, was Dominik ihm anrechnete und als gutes Zeichen für den weiteren Verlauf deutete. Er bekam zusätzlich eine Haube auf den Kopf, eine halbdurchsichtige Plastikhaube, die sie hier alle trugen und die die Haare abdecken sollte. Seine Hausschuhe musste er abstreifen und gegen Gummiclogs in Übergröße eintauschen. Der Pfleger strich sein Gesicht mit einer gelbbraunen Tinktur ein, die es keimfrei machen sollte, was er ihm ohne Umstand erklärte und was den guten Eindruck, den der Pfleger auf ihn machte, verstärkte. Die Farbe der Tinktur nahm er erst viel später wahr, denn er hielt die Augen geschlossen, während der Pfleger an ihm feucht herumwischte. Er schien hier gut aufgehoben zu sein. Ein junger Mann aus Thailand, der verständlich Deutsch sprach, löste den bärtigen Pfleger ab, schob ihn zur Liege, half ihm aus dem Rollstuhl, half ihm herauf, fragte ihn, ob die Kopfstütze in dieser Stellung bequem sei, was er bejahte, und breitete eine Decke über ihn. Er fragte Dominik, welche Musik er gerne hören möchte. Dominik war erstaunt über das Angebot, das er nicht erwartet hatte, und sagte nach kurzem Zögern ,Lucinda Williams', die er immer wieder gerne hörte. Der junge Mann ging zum Musikplayer, tippte mehrmals ohne Erfolg auf der Tastatur, kam schließlich zu Dominik und fragte ihn, wie man das schreibe, ging erneut zu dem Gerät, und kurz darauf erklang ,Drunken Angel'. Dominik war beeindruckt. Hier gab man sich die allergrößte Mühe mit den Patienten, die allergrößte Mühe. Man bemühte sich, es ihnen bequem zu machen. Der junge Thai, Manu nannte er sich, kam wieder zu ihm, setzte sich auf einen Schemel neben ihn, und sie unterhielten sich, als wären sie auf einer Parkbank. Manu war über ein Jahr in Deutschland und zusammen mit seiner Freundin hierhergekommen. Die Freundin hatte in Rheinlandpfalz (Dominik musste zweimal nachfragen, bis er das Wort ,Rheinlandpfalz' verstand) eine Stelle gefunden, weswegen sie sich nur selten sahen. Das sei schade, meinte Manu, aber das kalte Wetter mit dem Regen machte ihnen noch mehr zu schaffen. In Thailand wären sie ein anderes Klima gewöhnt, viel wärmer, viel Sonne. Manu machte einen etwas bedrückten Eindruck, während er das sagte. Sie plauderten noch eine Weile. Im Raum war das Licht trübe, nicht klar, eher diffus. Über der Liege am Kopfende befand sich ein Kranz aus Leuchtkörpern, die sie wohl einschalteten, wenn sie loslegten. Wieviel Lux so ein Operationsstrahler im Arbeitsmodus aufbiete, fragte Dominik. Manu wiegte bedächtig den Kopf und meinte, da könnten schon 1000 Lux zusammenkommen …, das erinnere ihn an den Strand von Koh Lipe zu Hause in Thailand, wenn die Sonne schien, weshalb er so gerne hier im OP arbeite …

Die Ärztin erschien, war aus den Tiefen des Raums an ihn herangetreten, zwei Assistenten an ihrer Seite. „Wir haben uns schon gesehen, Herr Steffen … Ich sagte Ihnen bei der Vorstellung, ich würde Sie operieren. Hier bin ich. Ich bin Dr. Mertens, wir kennen uns."

„Fein."

„Dann werden wir jetzt Ihre Nase in Angriff nehmen …, das klingt martialisch, ist es aber nicht, ganz im Gegenteil, das ist reine Routine, keine Bange … Ich decke Ihre Augen ab, damit Sie geschützt sind …, so …"

Die Strahler wurden eingeschaltet. Wie er vermutet hatte, wenn sie loslegten, würden sie die Strahler einschalten, wobei er die Helligkeit nur schwach als Schimmer durch die Ritze seiner Abdeckung wahrnahm. Er hörte, wie Frau Mertens leise Anweisungen gab, wie die Instrumente bereitgelegt wurden, und die übrigen Geräusche der Vorbereitung.

„Übrigens habe ich über das Wochenende ,Die Nase' von Gogol gelesen. Eine wunderbare Lektüre …, einfach köstlich … Keine Angst, wir werden Ihnen Ihre Nase nicht abschneiden. Nein, nein, die bleibt dran. Dieser Barbier zu Beginn, wie er die Nase in dem gebackenen Brot findet …, oder dieser Kollegienassessor Kowaljew … Nein, wirklich … skurril und dabei voller Atmosphäre. Ich kann auf diese Weise …, ich meine, dass ich jetzt auch ,Die Nase' gelesen habe, eine Verbindung zu Ihnen aufbauen … Die hat nichts mit dem klinischen Fall Ihrer Nase zu tun …, die ist mehr persönlicher Art, aber hilft uns hier bestimmt weiter."

„Fein." Dominik war glücklich, dass Frau Mertens operieren würde, die die schöne Geschichte kannte und eine persönliche Verbindung zu ihm aufbaute.

„Ja, ja …, was einem so alles einfällt", sagte Frau Mertens gedehnt, um gleich darauf die Tonart zu wechseln, „da wäre noch etwas …"

„Ja, bitte."

„Das kommt vielleicht etwas überraschend, aber es ist versäumt worden, Ihre Zustimmung rechtzeitig einzuholen … Wir benötigen da Ihre Zustimmung."

„Ja, gerne."

„Nun …, unsere Klinik hat sich einer allgemeinen Initiative für Inklusion angeschlossen …, eine gute Sache. Wir wollen Kollegen und Kolleginnen mit einem Handicap in unsere Berufswirklichkeit einführen. Um genau zu sein, wollen wir diesen Kollegen und Kolleginnen die Chance bieten, ihre Approbation zu erreichen … Dazu müssen sie das 3. Staatsexamen bestehen. Dabei kann keine Ausnahme gemacht werden, ich meine, jeder muss das 3. Staatsexamen ablegen, da kann auf das Handicap keine Rücksicht genommen werden. Die Kollegin, die gleich zu uns kommen wird, benötigt noch einige praktische …"

„Ach, Sie operieren mich nicht?"

„Ich bleibe bei Ihnen, keine Frage … Aber

sind Sie bereit, uns Ihre Zustimmung für unser Inklusionsprojekt zu geben …? Es ist wirklich eine
gute Sache. Sie würden hier echt helfen. Sie würden
der Kollegin helfen, wenn sie bei der OP … quasi als
Stellvertreterin … assistieren könnte, damit sie …"

„Was soll ich jetzt …?" Dominik geriet in
Verwirrung, als von einer Stellvertreterin in Gestalt
einer angehenden Ärztin die Rede war, wo er doch
erwartet hatte, seine Nase bekäme einen Stellvertreter.

„Erteilen Sie uns Ihr Einverständnis."

„Worum … jetzt?"

„Wie meinen Sie?"

„Ja …, ich erteile mein Einverständnis."

Dominik hörte ein Rascheln und einen Zu-
ruf. „Sind Sie Rechts- oder Linkshänder?"

„Rechtshänder."

Eine Hand nahm die seine, schob ihm ei-
nen Stift zwischen die Finger. „Wir benötigen noch
Ihre Unterschrift. Warten Sie …, ich halte Ihnen das
Formular hier entgegen, hier auf dem Klemmbrett
…"

„Ich sehe nichts."

„Unterschreiben Sie einfach an der Stelle, zu der ich Ihre Hand führen werde …, jetzt hier … einfach Ihren Namenszug …, das kriegen Sie hin …, hier an dieser Stelle. Wie ich schon sagte, man hat es leider versäumt … Ja, genau hier."

Nachdem Dominik unterschrieben und man ihm das Klemmbrett mit dem Einwilligungsformular aus der Hand genommen hatte, hörte er, wie jemand „hier entlang" rief und danach viel leiser und etwas besorgt „Vorsicht, nicht stolpern" und „kommen Sie nur, Lucia", woraufhin er zögerliche Schritte vernahm, die sich ihm näherten, bei ihm innehielten. Er fühlte eine Hand, die sich an ihm entlang bis zum Kopfende tastete, bis sie seine Nase zu fassen bekam, und hörte eine sehr angenehme Stimme sagen:

„Guten Morgen, Herr Steffen, ich freue mich sehr, bei Ihnen zu sein und mich Ihrer annehmen zu dürfen. Mein Name ist Lucia Willms."

„Sehr erfreut …, Dominik Steffen", sagte Dominik und schluckte.

„Seien Sie unbesorgt, Herr Steffen, alle Vorsichtsmaßregeln sind getroffen und wir sind bester Dinge … Haben Sie irgendwelche Fragen …? Wir sind auf alles vorbereitet."

„Nun …, können Sie denn …, ob Sie …?"

„Gewiss, ich verstehe, aber meine kleine Schwäche wird durch unseren KI-gestützten Appropriator mehr als ausgeglichen. Das Gerät ist fulminant, absolut leistungsfähig. Wir haben das schon unzählige Mal digital durchgespielt und auch in der Pathologie …"

„Frau Willms", unterbrach Frau Mertens, „möchte Sie in Kenntnis setzen, dass Sie unbesorgt sein können, wie sie es schon versichert hat, und dass es keinen Grund für irgendwelche Bedenken gibt … Sie hat große Übung, und außerdem bin ich auch noch da. Am besten, Sie vertrauen uns."

„Herr Steffen hat keine Thrombose-Strümpfe an", sagte Lucia Willms mit nicht mehr ganz so angenehmer Stimme. „Ich bitte darum, ihm noch welche anzuziehen."

Eine Schwester eilte herbei und zog ihm die Strümpfe an. Dominik war beeindruckt, wie gut das Zusammenspiel zwischen dem KI-gestützten Appropriator und Frau Lucia Willms funktionierte. Sie hatte als Einzige bemerkt, dass seine Beine nackt waren und er noch keine Thrombose-Strümpfe trug. Sie schien ihre Umgebung, entgegen aller Erwartung, genau wahrnehmen zu können, was ihm Vertrauen einflößte. Er rechnete es ihr hoch an, dass sie seine strumpflosen Beine bemerkt hatte.

„Herr Steffen", sagte Lucia Willms mit ihrer angenehmen Stimme, „Ihnen ist von der Nase auf Verdacht eine Stelle herausgeschnitten worden. Der Befund konnte von der Histologie nicht mit hinreichender Gewissheit beurteilt werden, weil das herausgeschnittene Gewebe brüchig war und zerfiel. Um Gewissheit zu erlangen, sind Sie zu uns geschickt worden, und wir schneiden heute die fragliche Stelle großzügig aus. Unsere Histologie liefert das Ergebnis in ein paar Stunden, und dann wissen wir Bescheid, ob wir morgen noch einmal nachschneiden müssen oder ob es gereicht hat. Wenn der Schnitt ausgereicht hat, wird es morgen vernäht. Das Vernähen übernimmt die Oberärztin. Wir setzen Ihnen für die Zwischenzeit etwas ein, das den Schnitt offenhält. Einverstanden?"

Dominik nickte und sagte leise ja. Er hätte gerne gewusst, wie das aussah, was da eingesetzt werden sollte, ob das nun der Stellvertreter sein sollte, aber er wollte die anlaufende Operation nicht durch unnötige Fragen aufhalten, zumal ihn der Gedanke beschäftigte, dass gleich Lucia Willms, die doch Stellvertreterin war, bei ihm etwas in die Wundöffnung einsetzten würde ... mit Hilfe des KI-gestützten Appropriators, nahm er an.

Sobald Dominik zurück in seinem Zimmer war, suchte er nach den Arnica Globuli C30 und nahm vier von ihnen unter die Zunge. Er hatte kaum Schmerzen, aber noch wirkte die örtliche Betäubung nach. Nachdem er die OP-Kittel abgelegt hatte und seine Kleidung angezogen, legte er sich aufs Bett und fuhr das Oberteil hoch. Man hatte ihm für die nächsten Stunden möglichst wenig Bewegung angeraten und Bettruhe. Karl war auch wieder in seinem Bett mit einem hochaufgetürmten Verband auf dem Kopf und schlief. Oskar lehnte am aufgerichteten Oberteil seines Bettes und schaute Fernsehen. Sie alle drei hatten Kopfhörer, so dass sie sich nicht gegenseitig störten. Dominik nahm sein Buch zur Hand und begann zu lesen. Kollegienassessor Kowaljow war inzwischen auf seine Nase getroffen, die sich selbständig gemacht hatte und in Uniform und Hut im Range eines Staatsrats aus einer Droschke gestiegen und in einem Kaufhaus verschwunden war. Kowaljow ging ihr nach, war aber unsicher, wie er sie anreden und wie er ihr erklären sollte, dass sie seine Nase wäre … Wie sollte das …? Er wurde müde und schlief ein.

Es musste nicht mehr nachgeschnitten werden. Die Nachricht erreichte ihn noch am Abend, und man informierte ihn, man würde ihn am Morgen holen, um das Herausgeschnittene zu schließen und zu vernähen. Dominik war erleichtert, denn wenn er auch dank der Arnica Globuli kaum

Schmerzen hatte, waren die Einblutungen unter seinem linken Auge ständig größer geworden, und das Hämatom ließ das Auge anschwellen. Das Lesen fiel ihm schwer, und er ließ es sein.

Die Stimmung im Operationssaal zeigte sich beinah familiär. Nachdem Dominik ebenso wie am Vortag die Operationskittel angezogen hatte und mit der Schwester am Fahrstuhl vorbei in das Untergeschoss abgestiegen war, sich in dem Vorraum in den Rollstuhl gesetzt hatte, wurde er an der Schwelle von dem bärtigen Pfleger empfangen. Der nahm ihm sein mitgenommenes Taschentuch ab, sagte zu ihm, er würde das ja schon alles kennen, verpasste ihm die Clogs in Übergröße und desinfizierte sein Gesicht, indem er mit der braunen Tinktur kräftig darin wischte. Vorher gab er ihm noch ein neues Taschentuch.

Er schob ihn zur OP-Liege und half ihm hoch und deckte ihn zu. Dann ließ man ihn allein. In dem halbdunklen Raum befanden sich neben dem bärtigen Pfleger weitere Gestalten in blauen Kitteln mit Hauben auf dem Kopf und sogar Mundschutz. Manche tauchten aus der Dunkelheit auf, andere verschwanden nach einer Weile. Sie unterhielten sich angeregt über Urlaubserlebnisse und erzählten, welche Ziele sie in nächster Zeit anstrebten. Sie schienen sich untereinander gut zu kennen, denn die Unterhaltung war lebendig und geschmückt mit vielen

Details über die Hotels, die Strände und Lokale, die aufzusuchen sich lohne. Sie erwähnten Regionen, die Dominik nie aufgesucht hatte, aber er hätte gerne mitgeredet, als jemand von der Atlantikküste bei Bordeaux, bei Biscarrosse, erzählte, über die weiten Sandstrände, das Meer und die großzügigen Strandbars, und auch über die Waldbrände sprachen sie, die bedrohliche Ausmaße angenommen hatten. Bewegung geriet in die plaudernde Gruppe, ohne dass das Gespräch gleich abbrach, dessen weitere Führung vielmehr die eintretende Oberärztin sogleich übernahm. Sie antwortete auf das zuletzt Gehörte, fügte einige Bemerkungen über ihren Urlaub hinzu und gab in alle Richtungen Anweisungen, die er nicht verstand, die wohl zum Teil ihn betrafen, zum Teil mit der gerade eben beendeten Operation in dem angrenzenden OP-Saal zu tun haben mussten und zum Teil mit irgendwelchen anderen Vorgängen. Sie ordnete an, seine Augen abzudecken, was auf jeden Fall ihn betraf. Die Oberärztin war das Zentrum eines fortlaufenden Austauschs zwischen allen Anwesenden und sie redete, kaum von Pausen unterbrochen, was es für Dominik schwierig machte, einzuschätzen, was vor sich ging und wann sie ihn meinte, wenn sie sprach, und wann jemand anderen. Zwei Hände packten ihn und zogen ihn an einen weichen Leib, von dem er annahm, dass es der Leib der Oberärztin war.

„Ich muss Sie bei mir haben", sagte sie und

presste ihren Bauch gegen seine Seite, „ich muss auf Tuchfühlung gehen." Und um das Gesagte zu bekräftigen und um zu zeigen, dass es sich nicht um eine zufällige Berührung handelte, löste sie ihren Bauch von seinem Körper und schubste sich zweimal erneut gegen ihn, bis der Kontakt zu ihrer Zufriedenheit gelungen war. Sein linker Arm lag quer an ihrem Leib, und er spürte ihren Leib, wie sie seinen angepressten Arm an ihrem Leib spürte. Körperkontakt schien Teil der Operation zu sein. Ein Partikel aus schamanischer Praxis war in die Universitätsklinik aufgenommen worden, der Körperkontakt zwischen Arzt und Patient.

Dann fühlte er einen schmerzhaften Stich bei seiner Nase.

„War das … war das die örtliche Betäubung …, die Spritze?", wollte er wissen.

„Was denn sonst, was soll es denn sonst gewesen sein …? Ich beginne jetzt und muss versuchen, die Schleimhaut mit der Kralle herunterzuziehen, um sie …"

Dominik hörte nicht hin, was die Oberärztin mit seiner Nase alles vorhatte, nahm nur noch wahr, dass das Vernähen der Öffnung schwierig sei … Und während sie mit großem Geschick immer wieder die Nadel mit dem Faden durch seine Nase führte, wurden unablässig Fragen an sie gestellt, oder auch sie wollte wissen, was da oder dort vor sich ging. Sie wollte auch wissen, welche Ausbildung er hätte, welchen Beruf, was er ihr beantwortete, und sie erzählte dann jemandem anderen, sie würde niemals hier am Ort zum Arzt gehen, immer nur in Münster, denn in Münster kenne man sie, hier entgegen ...

„Multitasking", sagte sie, „nur so käme man halbwegs zurecht."

„Es gibt kein Multitasking", sagte Dominik, ermutigt durch das zwanglose Reden, das, wie er dachte, auch für ihn gelte. „Es gibt kein Multitasking ..., man meint nur, es gibt es, aber tatsächlich switcht das Gehirn zwischen den Aufgaben hin und her. Die Aufgaben werden immer nacheinander angegangen, auch wenn man meint, man erledigt sie gleichzeitig ..."

Stille trat ein. Nur das Geräusch der Nadel mit dem Faden war zu hören, die die Oberärztin nun energischer führte und den Faden heftig zurrte. Dann stoppte sie das Vernähen und löste ihren Bauch von seinem ausgestreckten Arm. Langsam dämmerte es Dominik, dass es in seiner Lage nicht angeraten sei, zu widersprechen und sie zu belehren. Er wollte das gar nicht. Er neigte nicht zum Widerspruch und dazu, andere zu belehren. Es war ihm so herausgerutscht, weil er sich an der allgemeinen Unterhaltung beteiligen wollte. Keiner sagte ein Wort, es herrschte Stille. Dominik hielt die Luft an. Dann spürte er erneut den an seinen Arm gepressten Bauch der Oberärztin, die ihre Tätigkeit wieder aufnahm, und er atmete weiter.

„Das müssen Sie mir nicht erklären", sagte sie, „wie die neuronalen Netzwerke im Gehirn arbeiten, ist mir bekannt, davon sollten Sie ausgehen. Multitasking hat sich aber als Begriff für das Verrichten vielfältiger Tätigkeiten in einem gedrängten Zeitraum eingebürgert. Es bleibt dabei."

Zum Zeichen seines Einverständnisses und seines Bedauerns über seine unglückliche Bemerkung, gleichermaßen als Signal, drückte er seinen Arm einmal fest gegen ihren Leib, woraufhin sie mit einem kräftigen Stups ihres Bauchs gegen seinen Arm reagierte. Vergeben und vergessen, Dominik war erleichtert. Es war, als ob man sich die Hand gereicht hätte.

Die allgemeine Unterhaltung geriet wieder in Fahrt und wandte sich anderen Themen zu, und Dominik beschränkte sich aufs Zuhören. Dann wollte die Oberärztin von ihm wissen:

„Wie sind Sie denn eigentlich darauf gekommen, einen Tumor in der Nase zu haben? Woran haben Sie das gemerkt? In dem, was wir herausgeschnitten haben, war weiter nichts zu finden …, nur die Narbe vom letzten Schnitt. Die Kollegin gestern hat sehr großzügig geschnitten …"

„Gestern …, Sie meinen Frau Lucia …?"

„Lucia Willms … in der Tat, die meine ich. Sehr tüchtig, die junge Frau. Sie hat einen Visus von nur 0,04 und die Einschränkung der Gesichtsfeldgrenzen, das Röhrengesichtsfeld … bleibt unter 5°. Sehr eingeschränkt ihr Blickfeld. Und sehr tapfer von Ihnen, sich von ihr operieren zu lassen. Ist ja alles gut gegangen …, und Frau Willms wird demnächst ihre Approbation erlangen. Hat sie auch Ihnen zu verdanken. Ich leite das Inklusionsprojekt mittels der KI, und wir erzielen schöne Ergebnisse. Das macht uns Mut."

„Das ist … ja … sehr schön …"

„Aber wie sind Sie denn darauf gekommen …, auf den angeblichen Tumor in Ihrer Nase?"

„Meine Hautärztin damals … hatte gesagt, man könne nicht mit Gewissheit sagen … Die Histologie konnte keine genaue Auskunft geben, weil das Präparat …"

„Wie heißt denn Ihre Hautärztin?"

„Sie ist sehr nett." Dominik konnte sich auf einmal nicht an den Namen erinnern, ihm fiel aber ein, wo sich die Praxis befand. „Sie ist in der Praxis … in der Paulstraße …"

„Keine Vorstellung, wo die Paulstraße ist."

„Die ehemalige Praxis Schaller in der Paulstraße … liegt in …"

„Aha …, dort arbeiten Dr. Schilding, Dr. Almayer und Dr. Tafelberger …"

„Ja …, Frau Almayer ist es … Frau Almayer …, sie ist sehr nett …"

„Die haben wir alle hier bei uns ausgebildet."

Dominik überlegte, was das bedeuten sollte. Er kam zu dem Schluss, dass Frau Almayer nach Meinung der Oberärztin eine ausgezeichnete Ärztin sein müsse, wenn sie hier ausgebildet worden ist.

Anschließend ging es um den Napoleon-Film von Ridley Scott. Einige am Operationstisch hatten ihn gesehen, andere noch nicht. Die Oberärztin hatte ihn auch noch nicht gesehen, aber davon schon einiges gehört. Sie wollte sich ihn demnächst in Münster ansehen und ließ sich berichten, welche Eindrücke ihr Team gewonnen hätte. Joaquin Phoenix, so die allgemeine Auffassung, glänze in der Rolle, was zu erwarten gewesen sei, denn er gelte als der führende Schauspieler seiner Generation. Die Bilderflut sei gewaltig, demgegenüber würde großes Gewicht auf die Beziehung mit Joséphine …

„Herr Steffen, haben Sie den Film gesehen?"

‚Ah, das Wort wird einem zugeteilt‘, dachte Dominik und lächelte. Er habe den Film auch noch nicht gesehen, aber er hätte darüber sehr unterschiedliche Meinungen lesen können, gab er zur Antwort. Seinem Bruder habe der Film sehr gefallen …

Als Dominik in seinem Zimmer angekommen war - man hatte ihn diesmal im Rollstuhl nach oben gefahren - nahm er als erstes Arnica Globuli. Die Operation hatte länger gedauert, man hatte ihn malträtiert. Er spürte, dass unter dem dicken Verband die Schmerzen nur durch die Betäubungsspritzen in Schach gehalten wurden und sich bald bemerkbar machen würden. Von der Oberärztin hat er nur ihre Stimme wahrgenommen, was ihm merkwürdig vorkam. Als man ihm die Abdeckung von den Augen nahm, sah er in dem Halbdunkel eine Reihe von Gestalten in blauen Kitteln, Haarhauben und Masken um sich herum.

„Waren Sie das?", fragte er eine von ihnen, von der er vermutete, sie hätte ihn operiert.

„Nein", sagte die blau eingehüllte Gestalt, „sie ist dahinten", und deutete auf jemanden, der gerade den Raum verließ. „Sie verschwindet immer gleich."

Er hatte sie nicht zu Gesicht bekommen, nicht ihren Namen erfahren, nur ihre Stimme zu hören bekommen und ihren Leib an seinem ausgestreckten Arm gespürt.

„Wie ist denn ihr Name?", fragte Dominik in die Runde, ohne dass er eine Antwort bekam ... Stillschweigen.

„Können Sie mir sagen", beharrte er, „wie der Name der Oberärztin ist, die mich gerade operiert hat?"

„Nein", sagte jemand nach kurzem Zögern, „wir wissen es nicht."

„Sie wissen es nicht ...?"

„Sie ist nicht von hier ..., sie kommt immer von Münster ... Wir kennen sie nicht."

„Und Sie kennen sie nicht?"

„Sie kommt schon mit OP-Kittel, Haube und Maske hierherein ... Wir haben sie noch nie in normaler Kleidung gesehen ..., wir sehen nur ihre Augen, sie sagt, sie komme aus Münster. Sie kommt immer kurz vor der Operation ... und danach geht sie dann gleich ... wahrscheinlich wieder nach Münster."

Er legte sich ins Bett und ruhte sich aus. Karl lag ebenfalls im Bett und hatte die Augen geschlossen. Sein Gesichtsausdruck verriet, dass er litt. Aus seinem hohen Verband, der leicht verrutscht war, trat etwas Blut aus und war auf den Kissenbezug getropft. Oskar saß aufrecht, von der Bettlehne gestützt, und schaute Fernsehen. Dominik war bald eingeschlafen.

Später weckte ihn die spanische Schwester Haya, um ihm in der Armbeuge einen Zugang zu legen. Er sollte an den Tropf angeschlossen werden, um Schmerzmittel zu erhalten. Er protestierte schwach und wies auf die eingenommenen Arnica Globuli hin, aber Haya überredete ihn, vernünftig zu sein. Er würde vielleicht starke Schmerzen bekommen, und homöopathische Mittel könnten dabei durchaus wertvolle Unterstützung bieten, aber es wäre sicherer, sie mit Paracetamol zu kombinieren.

„Seien Sie nicht an der falschen Stelle tapfer, sonst wird aus Ihnen ein Don Quichotte, und Sie kämpfen gegen die Windmühlen. Sie werden noch ein Spanier, ehe Sie sich versehen! Olé! Sie sind nicht hier, um Schmerzen auszuhalten. Das verlangt keiner von Ihnen. Man will Sie hier gesund machen. Das ist etwas anderes."

Dominik sah das ein und nickte. „Schon richtig …"

„Wie war die Operation? War es schlimm?"

„Gut, hoffe ich …, aber …"

„Wer hat Sie operiert?"

„Die Oberärztin …"

„Die Oberärztin aus Münster?"

„Ja …, sie sagen alle, ja …, aus Münster."

„Sie ist gut … und energetic …, sie ist sehr gut."

„Sie unterhält sich, während sie operiert …, sie unterhält sich mit allen gleichzeitig über Gott und die Welt und sagt, es wäre Multitasking, wenn sie in alle Richtungen redet."

„Aber sie ist wirklich tüchtig."

„Man kommt sich vor wie … in einem Gesprächskreis, nur dass sie währenddessen operiert."

„Sie kann was … und sie leitet ein wichtiges Projekt für Inklusion."

„Es ist unüblich, dass an einem operiert wird, wenn man miteinander redet …"

„Oh, das ist ein Hospital, ein Krankenhaus! Herr Steffen, da wird man operiert! Ich weiß nicht, was sich manche vorstellen. Sie wollen keine Spritzen, keine Medikamente, fürchten sich vor allem … Das nicht, dies nicht, am liebsten gar nichts, nada! Sie misstrauen allem, aber wollen gesund werden. Aber warum kommen sie dann zu uns? Eh? Warum gehen sie nicht in ein Wellnesshotel und trinken Kräutertees und treten Wasser und werden dort ihren Krebs los? In einem Krankenhaus wird operiert …, das sollte man vorher wissen."

„Natürlich …, Sie haben Recht. Das ist ein Krankenhaus …"

„Und so frage ich Sie: wünschen Sie sich eine Wohlfühlkur in einem Kräuterhotel oder wollen Sie in einem Krankenhaus sein?"

„In einem Krankenhaus will ich … Und ich bin froh, hier sein zu dürfen."

Am nächsten Morgen bei der Visite konnte Dominik den eigentlichen Chefarzt erleben, den Professor. Eine regelrechte Erscheinung, hochgewachsen, mit sorgfältig links gescheiteltem, exakt geschnittenem grauen Haar, dezent eingefärbter Brille, in bügelglattem Kittel und makelloser, leicht rosiger Gesichtshaut. Er blickt aus klaren blauen Augen forschend ein wenig erstaunt auf die Lage, die sich ihm bietet, als ob sie neu für ihn wäre. In seinem Gefolge die Schar der Assistenzärzte und PJler, alle in weißen Kitteln, die nach und nach das Zimmer füllen. Sie gruppieren sich um Karls Bett. Der Chefarzt lässt den Verband von Karls Schädel vorsichtig lösen und schaut sich die Wunden an. Seit zwei Jahren operieren sie die Tumore auf Karls Kopf, ohne deren Wachstum stoppen zu können. Immer wieder frisst sich der Tumor in die Schädeldecke, und immer wieder schneiden sie und fräsen sie hinterher. Der Chefarzt zeigt sich ernst, besorgt, aber nicht ohne Zuversicht und ist Herr der Situation, was sich in seinen ruhigen, bestimmten Anweisungen niederschlägt. Er stellt Karl einige Fragen, die er mit verständigem Nicken begleitet, dann spricht er ihm Mut zu. Karl fragt, ob er zu Weihnachten nach Hause dürfe. Der Chefarzt deutet ein Lächeln an, sagt „wird schon werden", dann wendet er sich dem nächsten Bett zu, in dem Oskar angelehnt sitzt. Seine Begleitung folgt ihm. Oskars Arme sind verbunden und man löst die Verbände, so dass die tiefschwarze Verfärbung sichtbar wird. Er dreht die Arme, auch die Unterseite ist schwarz bis auf einige weiße Stellen. Oskar zieht die Jacke seines Schlafanzugs aus. Sein gesamter Oberkörper ist von schwarzen, tiefdunkelblauen Schlieren überzogen. Der Chefarzt streicht mit seinem Finger über die verfärbten Partien, erst über die Arme, dann beugt er sich über Oskars Rücken, streicht über die schwarze Haut, tippt auf einige Stellen, drückt die Haut ein und äußert schließlich seine Ratlosigkeit. Er gibt Order zu einer weiteren Biopsie. Oskar ist in einem mitleidserregenden Zustand. Sein ganzer Körper ist von großen schwarzen Flecken bedeckt, von wirklichen Fladen. Ein Infusionstropf wird bei ihm angehängt.

„Herr Steffen", sagt der Chefarzt, nachdem er einen Blick auf das Etikett am Bettgestänge geworfen hat, „guten Morgen."

Bei Dominik gibt es zunächst nicht viel zu sagen. Sein Karzinom, das noch nicht mal auffindbar war, wäre, wenn es existiert hätte, klein, begrenzt und allenfalls wegen der Lage an der Nase bedeutungswert, aber nichts gegen die Hautverwüstungen von Oskar oder die aggressiven Tumore auf Karls Schädel.

„Hatten Sie Schmerzen?", fragt der Chefarzt.

„Nein, ich habe Arnica genommen …, Homöopathie."

Der Chefarzt zögert für einen Moment. „Und das hat Ihnen geholfen?"

Dominik überlegt, was er sagen soll. „Sie werden es nicht glauben, aber ich hatte überhaupt keine Schmerzen."

„Deshalb habe ich es ja in einer Frage formuliert."

Der Chefarzt sieht Dominik ernst an, und da Dominik nicht recht zu antworten weiß, ergänzt der Chefarzt: „Wenn Sie Schmerzen bekommen, lassen Sie sich etwas von uns geben."

„Und Paracetamol hat man mir verabreicht … vom Tropf …", sagt Dominik leise.

„Was haben Sie denn da?", sagt der Chefarzt und tritt näher an Dominiks Ablage heran. „Darf ich?" Er nimmt das dort liegende Buch in die Hand. „Sieh einmal einer an …, ‚Die Nase' von Gogol. Da haben Sie exakt die passende Lektüre für sich ausgewählt und darüber hinaus … ein Juwel der klassischen russischen Literatur. Das ist doch ein lieber

Zufall. Wir haben es lesen müssen ... Mein damaliger Professor aus der HNO-Chirurgie hat es uns ans Herz gelegt und uns dringend empfohlen, es zu lesen. Es würde so manches Fachbuch ersetzen, an dessen Stelle sollten wir es lesen, denn wer nur was von Chirurgie verstünde, verstünde auch davon nichts, sagte er immer ..." Der Chefarzt stimmte ein lautes, herzliches Gelächter an, und die Assistenzärzte und PJler, die inzwischen in versetzter Doppelreihe, sichelförmig, damit jeder etwas sehen könne, das Bett flankierten, antworten mit einem ebenso herzlichen Gelächter.

„Darf ich", sagte der Chefarzt und setzt sich neben Dominik aufs Bett. „Ich will Ihnen zeigen, welche Passage meinem damaligen, hochgeschätzten Professor Nicolai Pistalubow besonders behagt hat, nämlich ..., lassen Sie mich schnell die Stelle suchen ..." Der Chefarzt sitzt auf dem Bett und blättert auf der Suche nach der erwähnten Stelle in dem Buch. „Warten Sie ..., ja ... hier, hier ist sie. Ich will ..., hören Sie: ,... ein sauberer Schnitt, glatt wie ein gebackener Pfannkuchen'. Ist das nicht köstlich? ,Glatt wie ein gebackener Pfannkuchen.' Das sagt der Kollegienassessor Kowaljow, der sich ja selbst als Major bezeichnet, und dessen Nase als Stellvertreter für ihn durch Petersburg stolziert ... Das sagt also Kowaljow, als er die Stelle befingert, an der seine Nase gewesen war, die ihm der Barbier offensichtlich abgeschnitten hatte. Immer wieder berührt er die

Stelle, und sie ist völlig glatt. Professor Pistalubow hat uns angehalten, diesen Schnitt als Vorbild zu nehmen. ‚Schneiden Sie so', sagte er immer, ‚dass die Wundfläche glatt wie ein gebackener Pfannkuchen ist.'" Der Chefarzt lacht erneut lauthals voller Herzlichkeit, und der Chor stimmt mit ein. „Und dann das Ende …, ein Ende, das gültig ist … Der letzte Satz …, ich darf ihn Ihnen kurz vorlesen: ‚Man mag sagen, was man will, solche Ereignisse kommen wirklich vor -, selten, aber sie kommen vor'." Der Chefarzt klappt das Buch zu. „Wunderbar …, das gilt, liebe Kolleginnen und Kollegen, im Übrigen auch bei uns hier im Haus, behalten Sie das stets im Hinterkopf." Der Chefarzt erhebt sich vom Bett, legt das Buch beiseite und gibt Dominik die Hand. „Das war eine liebe Erinnerung, da danke ich Ihnen …, gute Besserung, aber um Sie muss man sich keine Sorgen machen, habe ich gehört …, dennoch." Dominik ist beglückt und lächelt den Chefarzt dankbar an. Die Visite, an der Spitze der Chefarzt, setzt sich in Richtung Tür in Bewegung und verlässt das Zimmer.

Am nächsten Tag am späten Nachmittag wurde Oskar von seinem Sohn abgeholt. Oskar machte nicht viele Umstände. Nachdem er gepackt hatte, setzte er sich neben sein Gepäck und wartete. Als der Sohn erschien, stand er auf, ließ den Sohn das Gepäck nehmen, hob die Hand, sagte zu Karl und Dominik „hallo" und fuhr nach Hause. Man hatte den Eindruck, dass er von alledem genug hatte.

Die folgenden Tage war Dominik mit Karl allein im Zimmer. Das Bett von Oskar wurde herausgerollt, ein neuer Patient wurde so kurz vor Weihnachten nicht mehr erwartet. Das Frühstück war wie eh und je das Beste am Tag, sie bestellten jeder für sich zwei Roggensemmeln, zwei Tassen Kaffee, Butter, Marmelade und etwas Wurst. Jeden Vormittag erschien Frau Schimmel und nahm ihre Bestellungen für alle Mahlzeiten entgegen. Fielen die Wünsche zu üppig aus oder waren zu ausgefallen, verneinte Frau Schimmel mit dem freundlichsten Lächeln der gesamten Klinik, in diesem speziellen Fall wäre das leider nicht möglich. Dominik und Karl versuchten jeden Tag die Grenze dessen, was Frau Schimmel an Wünschen noch akzeptierte, zu verschieben. Vergeblich -, mehr als zwei Portionen Butter waren leider nicht möglich, und Frau Schimmel lächelte und freute sich darauf, dass sie am nächsten Tag das Gleiche gefragt werden würde.

Dominik achtete darauf, dass Karl regelmäßig trank. Im Flur gab es eine Tafelwasserstation, bei der man sich seine Trinkflasche jederzeit auffüllen und dabei zwischen Stillem und Sprudel wählen konnte. Seitdem Karl regelmäßig trank, ließ sich mit ihm gut auskommen. Zuhause würde immer seine Frau auf ihn Acht geben, und er wäre Dominik dankbar, dass er sich um ihn hier kümmere. Karl erzählte bald von seinem früheren Leben in Thüringen, in der DDR. Er musste einen sehr hohen Posten in einem Werkzeugkombinat gehabt haben, denn er sagte, er sei immer zum Flugplatz gefahren, wenn er nach Leipzig musste. Wenn er mit seiner Frau telefonierte, veränderte sich seine Stimmlage - jegliche Unsicherheit verschwand - und erreichte einen sonoren, starken Ton. Er gab ihr klare Anweisungen, was zu tun sei, und wehrte all ihre Bitten, ihn besuchen zu dürfen, strikt ab. Er wollte aus irgendeinem Grund nicht, dass sie ihn besuchte. Er sprach aber immer wieder von seiner Frau.

„Jetzt erzähl ich mal, wie bei uns der Morgen aussieht …, wenn ich am Morgen … Meine Frau kommt aus dem Badezimmer … Wir waren nie zusammen im Badezimmer, immer nacheinander. Sie geht als Erste … Ich hör es in der Küche klappern, sie macht das Frühstück, und da kommt auch schon der Hund angesprungen und hüpft zu mir aufs Bett und schleckt mich ab …" Das ging dann so weiter, weil Dominik ihn erzählen ließ und ihn mit gelegentlichen Zwischenfragen in seinem Redefluss bestärkte. Sie waren gleich nach der Wende in ein klitzekleines Dorf in der Nähe von Ochsenfurt gekommen, wohin sie wohl verwandtschaftliche Bindungen hatten. Dort lebten sie und züchteten eine winzige Hunderasse, was ihnen Spaß zu machen schien. Materiell sah es bei ihnen gut aus, wenn man die Hinweise aufnahm, die Karl erwähnte. Er fuhr kein Auto mehr, aber seine Frau, ebenso alt wie er, nämlich Mitte achtzig, führe mit ihrem Auto ‚wie gesengt' um die Kurven … und erst im Stadtverkehr! Und da Karl es immer wieder wiederholte, fragte Dominik nach, um was für ein Auto es sich handelte. Ein Phaeton, die überschwere Luxuslimousine von VW. Da gingen Bilder durch Dominiks Kopf, wie Frau Hofmann in dem Riesenwagen wie gesengt durch das Hundertseelendörflein raste. Karl hatte während all der Tage einen Seidenpyjama an. Er jammerte des Öfteren, dass er nach Hause wollte, um zu duschen, wobei man ihm zugutehalten konnte, dass die Dusche im Badezimmer schwierig zu benutzen war, und er darüber hinaus ein exquisites Duftwasser über sich sprühte, das ihn wohl riechen ließ.

Nach der vielköpfigen Visite des Chefarztes schauten während der restlichen Tage nur mehr drei sehr junge Ärztinnen oder Praktikantinnen nach ihnen. Die heiligen drei Königinnen nannte sie Dominik im Stillen, wenn sie durch die Tür traten und sich mit freundlichster Miene nach ihrem Befinden erkundigten. Sie nahmen sich viel Zeit und erledigten ihren Dienst mit großer Sorgfalt, ja man hatte das Gefühl, sie genossen, befreit von der Aufsicht, nach eigenem Gutdünken zu verfahren. Überhaupt verlangsamte sich der Puls in der gesamten Klinik. Die Flure leerten sich, die Geräusche nahmen ab, die Belegschaft dünnte aus, und nach und nach schickte man alle Patienten nach Hause, bei denen man es verantworten konnte. Auch bei Karl konnte man es verantworten, denn sein energisches Frauchen erschien dann doch, wies ihn an, sich anzukleiden, und Karl zog ein rosafarbenes Hemd mit Button-Down-Kragen an. Sie packte seine Sachen und schleppte den Parfümierten zum draußen parkenden Phaeton, mit dem sie in ihr Dörflein rasten.

Die beleibte Afrikanerin mit dem blauen Hidschab, die immer langsam wie in Trance das Badezimmer und das Zimmer ausgewischt hatte, wischte auch in diesen Tagen wie in Trance den Raum und das Badezimmer. Am Schluss wünschte sie frohe Weihnachten. Sogar das Putzen wurde ausgesetzt.

Lucia Willms, die tüchtige junge Frau, die so großzügig mit Unterstützung des Appropriators an seiner Nase geschnitten hatte, traf er noch einmal. Sie kam ihm auf dem Flur entgegen, wie sie den weißen Führungsstab vor sich hin und herschob, um eventuelle Hindernisse zu erkennen und ihnen ausweichen zu können. Als sie sich begegneten, und Dominik meinte, sie hätte ihn nicht wahrgenommen, wandte Frau Willms sich ihm wie beiläufig zu und sagte mit ihrer angenehmen Stimme: „Hallihallo, Herr Steffen, ist Ihre Nase noch dran, ja? Ist alles zu Ihrer Zufriedenheit verlaufen? Sind Sie wohlauf?" Dominik erstarrte, blieb stehen und konnte nur halblaut ein „Danke" von sich geben, während Frau Willms sich von ihm entfernte, bis sie das Ende des Flurs erreichte und um die Ecke bog.

Haya, die spanische Schwester, hatte sich ebenfalls am Vorabend verabschiedet. Sie setzte ihre letzte Thrombosespritze. „Welche Bauchfalte nehmen wir zum Abschied, Herr Steffen …, die linke oder die rechte? Oder beide diesmal? Was meinen Sie?"

„Ich glaube, die rechte Seite ist an der Reihe …"

„Nein, nein …, wir nehmen heute wieder die linke Seite …, zweimal links. Sie werden heute einen blauen Fleck davontragen …, dann können Sie immer an mich denken, wenn Sie zuhause Ihre Bauchfalte betrachten … Ich setze die Spritze so, dass die Stelle sich verfärben wird …, ein schönes Blau, dunkel …, nicht das blasse, das dunkle …, das geht schon … Außerdem ist links das Herz … Und Sie werden an mich denken, hoffe ich doch." Sie nahm seine Bauchfalte zwischen Daumen und Zeigefinger, und im Gegensatz zu den bisherigen kaum merklichen Einstichen spürte er diesmal einen spitzen Schmerz. Er erwiderte dabei ihr Lachen so gut er konnte. Sie richtete sich auf und sagte: „Das wird's gewesen sein. Sie sind wieder auf sich gestellt. Das Leben geht weiter."

Er griff nach dem Umschlag mit dem Buch, auf dem ‚Frau Haya' stand, und übergab es ihr.

„Für mich? Ein Geschenk?", rief sie überrascht und hielt den Umschlag hoch. „Darf ich es jetzt schon aufmachen?"

„Warum nicht."

Haya öffnete den Umschlag und nahm das Buch heraus. „'Die Nase'", sagte sie, „was für ein Einfall …, da haben Sie sich was ausgedacht, was die Sache auf den Punkt trifft … ‚Die Nase', wohl nicht Ihre, aber …" Sie schlug das Buch auf und las, was er für sie hineingeschrieben hatte.

„Danke …, das ist sehr lieb von Ihnen." Sie lachte voller Freude, beugte dabei ihren Kopf mit der borstigen, blonden Mähne zurück. Sie fasste seine Hand und berührte ihn das eine Mal, ohne dass es einen Grund dafür gab, den ihr ihr Beruf vorgab. Er erwiderte ihren Händedruck für einen Moment und löste sich dann. „Morgen gehe ich einen Weihnachtsbaum kaufen …", sang sie in verschiedenen Melodien mehrere Male nacheinander, als sie sich zur Tür wandte und verschwand. „Mo-ho-ho-rgen ge-he-he-he ich ei-ei-nen Weih-eih-eih-nachts-baum kau-fen."

Als Dominik mit Hut und Mantel, seinem Rollkoffer und der Tasche über der Schulter ins Freie trat, rieselte feiner Schnee aus dem dunklen Abendhimmel auf ihn herab. Er hob den Kopf und atmete tief die klare Winterluft ein. Seine Nasenflügel blähten sich, verursachten dabei Schmerzen, indem sie den dicken Verband dehnten, und er die Wunden und die Nähte zu spüren bekam. Die Kälte schnitt scharf in seine Nasenschleimhäute. Er setzte sich in Richtung Schranke in Bewegung. Der Schein der Straßenlampen wurde von dem Schnee reflektiert und tauchte alles in ungewohnte Helligkeit. Langsam ging er den Fußweg entlang durch den frisch gefallenen Schnee, der keinerlei Spuren aufwies und in den er lautlos Schritt um Schritt trat. Seine Fußabdrücke blieben für eine Weile sichtbar, bis sie wieder von dem weißen Geriesel zugedeckt wurden. Bei der Schranke angekommen stand schon das Taxi mit laufendem Motor, dessen tuckerndes Geräusch gedämpft zu ihm klang. Der Fahrer verließ seinen Platz, um den Koffer zu verstauen, und Dominik stieg ein. Im Radio liefen Weihnachtslieder, ,Jingle Bells' und dann ,Little Drummer Boy' und dann weitere. Die Fahrt nahm nicht viel Zeit in Anspruch, und als ,Blue, Blue Christmas' gespielt wurde, sprach er die ersten Zeilen leise mit. Die Schneedecke war ausgebreitet, aber noch dünn, so dass das Taxi keine Mühe hatte, auch den letzten Anstieg zu seinem Haus zu bewältigen. Er zahlte, richtete einen Gruß an den Fahrer, den dieser erwiderte, und öffnete die Tür und trat ins Haus.

DIE AUSERWÄHLTEN

Die letzten Sätze hatte er in einen raunenden Flüsterton übergehen lassen, eindringlich und beschwörend, was die Zuhörer im weiten Rund des Saales, die an seinen Lippen hingen, unwillkürlich veranlasste, sich vorzubeugen, um ihn besser verstehen zu können. Doch war es keine Frage der Akustik, die ihrem Verständnis Grenzen setzte. Sie nahmen jedes seiner Worte in aller Deutlichkeit auf. Vielmehr überstieg diesmal die Botschaft, die sie zu hören bekamen, ihr durchaus weit gefasstes Auffassungsvermögen -, zumindest, soweit es Glaubensfragen anging, war es weit gefasst.

Sie waren ihm im Lauf der Zeit in Einigem, was absonderlich klang und anfangs heftiges Kopfschütteln hervorrief, gefolgt und hatten den Glauben an ihn und an seine Mission über manch holprigen Steg und schwankende Planke führen müssen, um schließlich jedes Mal in umso tiefere Gewissheit einzutauchen. Ihre Gewissheit festigte sich, und die Wahrheit seiner Verkündigungen nahm einen sicheren Platz in ihrem Inneren ein.

Manche sagten zwar, es sei lediglich ihre eigene Wahrheit, der sie da anhingen und keinesfalls eine allgemeingültige. Sie aber sagten, ihre eigene Wahrheit werde sich ausbreiten und zur Gewissheit aller führen, somit sei es eine im Wachstum begriffene Wahrheit, die in die Zukunft weise. Da aber auch sie Menschen waren, wie all die anderen auf dem Erdenrund, so spürten sie Hunger und Durst, Schmerz und Freude wie diese, indessen auch Zweifel und Missgunst, und versanken von Zeit zu Zeit in Kleinmut. Sprach er aber dann zu ihnen, er, der Meister, richteten sie sich auf und reckten ihre Hälse nach ihm, wobei ein flüchtiges Lächeln aus neu gewonnener Zuversicht auf ihren Lippen erschien. Was er aber ihnen diesmal verkündete, überstieg alles bis dahin Vernommene und sprengte ihre Vorstellungskraft gänzlich.

Immer wieder in der Vergangenheit hatte er vor ihnen Einsichten und Visionen ausgebreitet, deren Anerkennung ihnen schwer ankam. So hatte er vor geraumer Zeit seine häufig beschworene Überzeugung, das Menschengeschlecht auf Erden sei nicht das einzige im All, mit dem Hinweis untermauert, ein internationales Forscherteam habe jetzt erstmals Wasserdampf in der Atmosphäre eines Planeten namens K2-19b gefunden. Leben sei dort offenbar möglich. Sprach es und hatte seherisch über die Köpfe der Gemeinde hinweg in die Ferne geblickt, die Arme ausgebreitet, von weiten Ärmeln verhüllt, und war bedeutsam verstummt -, was nach der Überzeugung aller heißen sollte, die

Wissenschaft habe zwar gesäumt, wie es nun einmal ihre Art sei, befände sich aber endlich auf dem richtigen Wege. Sie alle ließen sich nach und nach überzeugen, dass sie nicht allein im Weltall seien; denn, wenn man auf dem Planeten K2-19b Wasserdampf ausgemacht habe, so ihre Meinung, sei das doch eine feine Sache. Zudem wäre der Gedanke, man sei im weiten Weltall nicht allein, doch im Prinzip ein tröstlicher Gedanke, denn er gelte im Kleinen, also für den Einzelnen, der auch nicht gern allein sei, wie für das übergroße Weltall, in dem Nachbarn und Partnerplaneten durchaus willkommen seien. Für alle Zwischengrößen beanspruche der Gedanke ebenfalls Gültigkeit. Nachbarschaft sei eine universelle Angelegenheit, keine Frage. Allerdings könne Nachbarschaft auch eine Plage sein, wie so mancher aus Erfahrung zu berichten wisse und diese auf Wunsch mit vielen Einzelheiten und Beispielen belegen könne; aber da nun mal K2-19b mit dem Wasserdampf und den potenziellen Bewohnern nachgewiesen sei, wollten sie sich auf gute Nachbarschaft einstellen. Zu guter Letzt mischte sich bei ihnen ein Gefühl der Belanglosigkeit ein, denn Auswirkungen auf das tägliche Leben für sich selbst konnten sie durch das Aufspüren des Wasserdampfs auf dem Planeten K2-19b nicht erkennen, zumal der besagte Planet 124 Lichtjahre von ihnen entfernt war.

Weitaus gravierender nahm sich dann die Sache mit Judas aus, mit Judas Iskariot, dem angeblichen Verräter. Der Meister hatte sich aus heiterem Himmel mit ganzer Hingabe dem Fall des Judas zugewandt. Für ihn war, wie er ohne Umschweife mitteilte, Judas kein Verräter, eher das Gegenteil. Aber was ist das Gegenteil? Das war gar nicht leicht darzulegen, selbst für den Meister nicht, der über die Kraft der Rede gebot wie kein Zweiter. Wir werden gleich hören, wie er seine Positionen in all seiner Weisheit ausbreiten wird und hoffen darauf, ihm in groben Zügen folgen zu können.

Der Meister begann seine Predigten in aller Regel mit der gleichen Einleitung:

„Der Weise spricht", sagte er mit gewaltigem Atem und ausgebreiteten Armen, die in weiten Ärmeln steckten, „nicht Recht haben jene, die da sagen, das ist die Wahrheit; nicht Recht haben jene, die ihnen erwidern, das ist Lüge. Recht hat nur Zebaoth und nur der Satan …, die da und dort vorhanden sind, denn sie haben das Leben zwiespältig gestaltet, und das Leben hat ihnen Gestalt gegeben … Wer aber will entscheiden, was Zebaoths ist und was des Satans. Mir aber ist es offenbart worden, denn ich bin bevorzugt. Ich werde es euch sagen. Hört mich an!"

So oder so ähnlich sprach der Meister jedes Mal zu Beginn seiner Predigt. Sodann legte er eine Pause für den Spannungsaufbau ein, während der er

mit eindringlichen Blicken die Menge seiner Zuhörerschaft von links nach rechts und wieder zurück
- von rechts nach links - musterte.

„Judas Iskariot", rief er plötzlich laut aus,
so dass alle zusammenschreckten, „Judas Iskariot!
Wer war dieser Mann, den wir alle aus der Heiligen
Schrift zu kennen glauben? Wer war er? War er der,
den uns die Apostel schildern? War er der Verräter,
der aus Niedertracht und Geldgier den Herrn aus-
lieferte? Für dreißig Silberlinge? Judas, der Verräter!
Verrat, das nichtswürdigste aller Verbrechen … Ist
doch beim Ehebruch Hingabe und Zärtlichkeit be-
teiligt …, beim Diebstahl Gelenkigkeit und Flink-
heit …, bei Betrug ist Geschicklichkeit vonnöten …,
Überfall verlangt Entschlossenheit …, Mord verlangt Mut … Aber Verrat? Verrat -, eine Schandtat
ohne jegliche Tugend. Verrat, die niederträchtigste
Schandtat aller Schandtaten …"

An dieser Stelle legte der Meister erneut
eine Pause ein und musterte seine Gemeinde, die
erschrocken über die aufgezählten Schandtaten war
und überrascht von der Vielzahl an Tugenden, die
man zu deren Ausübung benötigte. Bestürzt schauten sie von ihren hölzernen Sitzbänken zu ihm auf
die Kanzel hinauf und wagten nur verhalten zu atmen.

„Nein", rief er, „Judas war einer der zwölf

Jünger, die der Herr zu sich gerufen hat. Er hat sie ausgewählt und bei sich aufgenommen. Alle Jünger. Jeden Einzelnen." Kleine Pause. „Sollte der Herr nicht gewusst haben, einen zukünftigen Verräter aufgenommen zu haben?" Die Frage schien nicht frei von Scheinheiligkeit zu sein, zumal der Meister seinen Kopf schräg hielt und dabei süßlich lächelte. „Sollte er etwa von dem Verrat des Judas überrascht worden sein?" Hier hob der Meister grollend seine Stimme, riss die Augen weit auf und deutete drohend mit dem Zeigefinger in Richtung Gemeinde. „Sollte irgendjemand meinen wollen, der Herr habe nicht gewusst, was er tat, als er Judas Iskariot zu seinem Jünger berief?"

Wie versteinert saß die Gemeinde in den Bänken und rührte sich nicht.

„Nein", rief der Meister abermals, „Judas hat den Herrn nicht verraten. Judas Iskariot war von Beginn an Teil der Heilsgeschichte und war genau genommen der Einzige, der an den Herrn glaubte. Alle anderen Jünger hegten Zweifel …, griffen zum Schwert oder rieten dem Herrn ab, den Leidensweg bis zum bitteren Ende zu gehen." Hier senkte der Meister die Stimme. „Judas war der Einzige unter den Jüngern, der die geheime Gottesnatur Jesu Christi erschaute. Er war auserwählt, für den Fortgang der Erlösung Sorge zu tragen."

Und dann wieder mit lauter Stimme, die auch den letzten Winkel des Raumes ausfüllte: „Glaubt Ihr wirklich, es hätte eines Kusses eines Jüngers bedurft, um der Tempelwache anzuzeigen, dieser da sei der Gesuchte, dieser da sei Jesus Christus, von dem es hieße, er sei der Messias, er sei Gottes Sohn? Jesus hatte täglich in der Synagoge gepredigt und vor Tausenden von Menschen Wunder vollbracht. Hatte er nicht gerade den Lazarus von den Toten erweckt? Und hatte nicht das Volk daraufhin auf ihn gedeutet und gesagt: ‚Sehet, dieser da ist es, der die Toten dem Leben zurückgibt ...‘ Und hatten sie ihn nicht alle gesehen, als er nach Jerusalem auf dem Esel einritt, mit Palmenzweigen geschwenkt und gerufen: ‚Hosianna, gepriesen sei, der da kommt im Namen des Herrn, und der König von Israel‘, wie wir es bei Johannes lesen können ... Nein, eines Kusses habe es nicht bedurft, um Jesus zu erkennen..., wirklich habe es dessen nicht bedurft ...“

Die Predigt nahm ihren weiteren Verlauf, bis sie schließlich in ihre Schlussphase gelangte. Zwei Lieder in getragenen Melodien wurden noch gemeinsam gesungen, was zur Beruhigung beitrug, und zu guter Letzt erteilte der Meister den Versammelten den Segen, ließ sie danach noch einmal Platz nehmen, um einige Hinweise für die kommende Woche zu geben und über den Zweck der Kollekte zu informieren, und entließ sie.

Dens und Gebe, ein wenig steif geworden von dem langen Sitzen, erhoben sich von ihrer hölzernen Bank und machten sich auf den Nachhauseweg. Dens und Gebe waren Freunde, sie waren von jeher Freunde, machten vieles gemeinsam und lebten auch gemeinsam. Sie gingen nach Hause zu ihrer Frau. Sie hatten zusammen eine Frau, Ladi, und zwei Kinder. Die Tochter hieß Flia und stammte von Dens, der Sohn hieß Huit und stammte von Gebe. Sie hatten es so eingerichtet, dass sie über ihre jeweilige Vaterschaft im Bilde waren und nicht damit warten mussten, bis die Gesichtszüge der Kinder ausreichend Gestalt angenommen hatten, um zu erkennen, wem sie zuzuordnen seien.

Sie gingen noch ganz unter dem Eindruck der Predigt schweigend, mit gesenkten Köpfen, nebeneinander, vertieft in ihre Gedanken, die um die Botschaft des Meisters kreisten. Schließlich fasste sich Dens ein Herz, hob seinen Kopf, um ihn Gebe zuzuwenden und sagte voller Zweifel:

„Wenn Ladi wieder schwanger wird, sollen wir dann das Kind wirklich auf den Namen Judas taufen, wie es der Meister wünscht? Ich meine, wenn es ein Junge wird."

Gebe zögerte mit der Antwort, schüttelte dann den Kopf. „Ich weiß nicht …, ich weiß wirklich nicht … Das muss gut überlegt sein." Er seufzte.

„Was der Meister hier von uns verlangt, geht sehr weit …, ist mehr als wir …", Dens brach den Satz ab und fuhr dann fort, „mehr als wir für ihn tun können … immerhin …"

„Ja, aber rede nicht so."

„Stell dir das doch einmal vor", beharrte Dens, „wie das in der Schule wird … oder auch schon im Kindergarten … oder überhaupt. Wie soll das Kind …? Willst du denn, wenn du ihn rufst, laut `Judas, komm zu Papa' rufen?"

„Vielleicht musst du ihn dann rufen, wenn es dein Kind wird." Gebe rang sich ein Lächeln ab.

„Ach, lass die Scherze, mir ist es ernst."

„Ich weiß …, aber der Meister hat es verlangt. Er hat gesagt, dass Judas in Wirklichkeit ein Ehrenname und nicht der Name eines Verräters ist. Wir sollen in den nächsten Jahren unsere Söhne Judas nennen; um der Ehre Geltung zu verschaffen …, hat er uns aufgetragen, die Söhne Judas zu nennen." Gebe schüttelte erneut unwillig den Kopf.

„Trotzdem …, hier bei uns gilt der Name Judas …", er schaute hilflos umher. „Der Name ist …, den Namen gibt es doch bei uns gar nicht", brach es aus Dens heraus.

„Ahaa …" Gebe schlug sich mit der flachen Hand gegen die Stirn, weil ihm etwas eingefallen war. „Der Meister hat seine ersten Jugendjahre in Australien verbracht … In Australien … gibt es den Namen Jude …, überhaupt im ganzen englischsprachigen Raum. Dort ist Jude ein ganz normaler Name. Ein Name wie jeder andere."

„Und Jude ist dasselbe wie Judas?", wollte Dens wissen. „Ist doch erstaunlich …, denk doch mal, Judas!"

Gebe überlegte. „Warte mal …, nein …, da gibt es noch einen, der Judas heißt …, noch einen Jünger … Judas …"

„Judas Thaddäus ist das", rief Dens aus, „Judas Thaddäus - glaube ich. Der war auch ein Jünger. Und absolut unbescholten, soweit man das sagen kann. Und den Thaddäus meinen wohl die Australier und die anderen in England, wenn sie den Namen Jude …"

„Ja, und der Meister wird der Ansicht sein, was für die Australier und die Englisch sprechende Welt gut ist, ist auch für uns gut."

„Er hat aber heute immer nur von Judas Iskariot gesprochen", wandte Dens ein, „von dem anderen, dem Thaddäus, war überhaupt nicht die

Rede. Thaddäus hat er überhaupt nicht erwähnt."

„Ist egal", beruhigte ihn Gebe nach kurzem Überlegen, „das regelt sich von allein. Wenn du zum Standesamt gehst und sagst, du willst deinen Sohn Judas nennen, winken die ab. Auch wenn du sagst, du meinst den anderen Judas, den Judas Thaddäus. Die verbieten das. Das Standesamt lehnt Namen ab, die anstößig wirken. Der Name wird nicht akzeptiert. Das machen die nicht."

„Wir hatten auch Schwierigkeiten", sagte Dens, „auf dem Standesamt wollten die meinen Namen nicht anerkennen. Meine Eltern haben denen damals erzählt, sie dachten, ich würde ein Mädchen werden, und sie wollten mich Denise nennen. Als ich aber dann ein Junge wurde, wollten sie von dem Namen nicht mehr lassen und beharrten auf dem Namen Dens … Hat das Standesamt akzeptiert. Ist ja auch kein Name, der irgendwen stören könnte."

Gebe nickte. „Bei uns auch. Meine Eltern durften mich nur deshalb Gebe nennen, weil sie behauptet haben, Gebe wäre ein Abkürzung von Gebhardt, und diese Abkürzung wäre in unserer Familie verwurzelt. Daraufhin durfte ich Gebe heißen …, stört auch niemanden. In der Schule hatte ich damit keine Probleme."

„Auch die Namen unserer Kinder haben sie

nach einigem Hin und Her passieren lassen … Die Namen stören eben nicht …, aber sie wissen nicht, was sie bedeuten …"

„Ich habe das natürlich auch nicht erzählt, dass die Namen der Kinder aus den Anfangsbuchstaben der vier Großeltern bestehen …, so wollte es der Meister. Wir sollen unsere Vorfahren ehren."

„Ja, so wollte er es bis jetzt …"

Als sie ihr Haus erreicht hatten, ihre Jacken abgelegt und in das Wohnzimmer traten, erblickten sie Ladi mit den beiden Kindern Flia und Huit, die an einem festlich dekorierten Tisch saßen. Das champagnerfarbene Damasttischtuch war aufgelegt, und die drei gedrechselten, wuchtigen Leuchter aus Birnenholz mit den Bienenwachskerzen hatte Ladi angezündet. Die vier schmiedeeisernen Wandleuchter, symmetrisch im Raum angeordnet, mit ihren beinahe armdicken weißen Kerzen, spendeten zusätzliches Licht, zumal dieses von den ihnen gegenüber angebrachten Spiegeln auf das Angenehmste reflektiert wurde. Eine warme, festlich gedämpfte Helligkeit und der Duft des Bienenwachses erfüllten das Zimmer und umfingen die Anwesenden. Die Suppenterrine auf einem Stövchen stand in der Mitte des Tisches. Das grün-weiße Service mit dem Goldrand schmückte die Tafel. Es war eigentlich für die Feiertage reserviert, was Dens und Gebe in Erstaunen setzte, zumal sie ein sechstes Gedeck vor einem weiteren Stuhl bemerkten. Kristallgläser standen an jedem Platz. Sie sahen Ladi fragend an.

„Setzt euch, Ihr Lieben", sagte diese indessen mit einem treuherzigen Lächeln. Sie setzten sich schweigend, nahmen die Servietten aus den Porzellanringen, breiteten sie auf ihrem Schoß aus und hielten ihre Teller Ladi entgegen, die mit der Schöpfkelle die Suppe verteilte. Als allen die Teller gefüllt waren, fassten sie sich an den Händen und sprachen ein kurzes Dankgebet.

„Seid doch so nett …, einer von euch beiden - gießt uns ein Glas Wein ein. Die Flasche steht auf der Anrichte …, ist schon offen …, mir aber bitte nur ein Fingerbreit." Dens und Gebe standen gleichzeitig auf, lachten verlegen, und Gebe ließ Dens den Vortritt. Als allen eingeschenkt war, den beiden Männern roter Wein, für Ladi nur ein Fingerbreit von diesem, den Kindern Traubensaft, ebenfalls rot, erhob Ladi ihr Glas, forderte die anderen auf, desgleichen zu tun und sprach:

„Wir haben etwas zu feiern …, etwas sehr Schönes zu feiern." Sie legte eine kleine Pause ein, wobei sie erneut auf das Innigste lächelte. „Ich bin schwanger", sagte sie, „ich bin schwanger … Diesmal ist es anders …, diesmal wissen wir nicht, wer der Vater ist. Das ist die Überraschung. Bei Flia und

Huit wussten wir es … Diesmal haben wir es Gott überlassen, wen er als Vater auswählt … Und wir sind auf jeden Fall zufrieden mit der Wahl. Wir sind eine Familie …, wir werden bald zu sechst sein …" Sie erhob ihr Glas, trank einen kleinen Schluck. Die anderen taten es ihr gleich und tranken ebenfalls. „Es ist ein wenig so wie bei Maria …", fügte sie verlegen hinzu, „sie wusste auch nicht, von wem sie schwanger war …"

„Bis es der Engel ihr sagte", bemerkte Gebe leise.

„Ja, bis der Engel es ihr sagte", bekräftigte Ladi.

Dens und Gebe standen von ihren Plätzen auf, umarmten sich und klopften sich gegenseitig auf die Schulter, wonach sie zu ihrer Frau gingen und sie ebenfalls umarmten und küssten. Dann küssten sie die Kinder und streichelten sie.

„Wir sind dann so viele … wie die höchste Zahl auf dem Würfel", sagte Flia mit ernster Miene. „Wenn wir Mensch-ärger-dich-nicht spielen ist die höchste Zahl …" Flia sah ihre Mutter fragend an.

„Sechs", sagte Huit, der ein Jahr älter war als Flia, „sechs werden wir dann sein."

„Ja, sechs", bestätigte Ladi und strich Flia über ihr Haar.

„Sechs", sagte nun Flia überzeugt und fügte mit wichtiger Miene hinzu, „mehr passen auf einen Würfel nicht drauf."

„Es wird ein Junge", sagte Ladi, „ich spüre es, dass es ein Junge wird." Sie blickte versonnen und voll Glück ihre Familie an. „Wir werden uns einen Namen ausdenken müssen."

Dens und Gebe tauschten sekundenlang einen erschrockenen Blick aus, lächelten dann Ladi dankbar zu und neigten sich über ihre Teller, um die Suppe zu löffeln.

„Und bei euch?", fragte Ladi munter. „Wie war es bei euch? Was hat der Meister gesagt? War er recht schroff …, hat er euch die Leviten gelesen und euch erschreckt? Ihr kommt mir eher gedämpft vor … Oder war er diesmal milde gestimmt?"

Die beiden Väter tupften sich ein wenig umständlich mit den Servietten den Mund ab, sahen sich bedeutungsvoll an, um zu klären, wer von ihnen das Wort ergreifen solle, bis schließlich Gebe sich in einer Antwort versuchte.

„Der Meister hat gewaltig ausgeholt … wie

es seine Art ist. Er hat uns ins Bild gesetzt. Er hat über Judas gesprochen und gesagt, Judas sei nicht der Verräter, als der er immer hingestellt wird. Das sei grundfalsch … Judas sei vielmehr …, er sei vielmehr ein Teil der Heilsgeschichte … und sei im Grunde der Einzige gewesen, der Einzige von all den Jüngern, der …", hier wandte sich Gebe an Dens. „Habe ich das richtig verstanden …, der die geheime Gottesnatur Jesu erschaute?"

„Ja", sagte Dens und nickte, „in der Tat, so sprach der Meister …, die geheime Gottesnatur Jesu habe Judas als Einziger erschaut. So sagte er es."

Da aber Ladi eher ratlos, ja verwirrt dreinblickte, fügte er als Erklärung hinzu, ob denn jemand wirklich glauben wolle, und das habe der Meister mit Nachdruck betont, dass es eines Verräters bedurft hätte, der mit einem Kuss den Herrn kenntlich gemacht und damit der Tempelwache ausgeliefert habe. Der Herr war im Volk bekannt durch seine Wunder und seine Predigten im Lande …, im Land und in Jerusalem … Den Lazarus hatte er erst kürzlich auferstehen lassen …, alle kannten ihn. Niemand musste ihn küssen, um ihn zu verraten."

Ladi war still geworden und ernst. Sie schien etwas wahrzunehmen, was in dem eben Gehörten verborgen, aber noch nicht hervorgetreten war, denn des Meisters Art war ihr bekannt, der dazu neigte, übertriebene Schlussfolgerungen aus seinen Predigten zu ziehen …, weit überzogene Schlussfolgerungen.

„Was hat er noch gesagt?", fragte sie eindringlich.

Dens und Gebe zögerten die Antwort hinaus, bis Gebe sich schließlich räusperte und mit spröden Lippen sagte, der Meister habe verlangt, den Namen Judas in Zukunft zu ehren …

„Den Namen Judas in Zukunft zu ehren?", wiederholte Ladi, die stutzig geworden war und die Stirn runzelte. „Was soll das heißen? Was meint er damit?"

„Nun, der Meister rief dazu auf, in Zukunft …" Hier stockte Gebe mit der Antwort.

„Ja …, in Zukunft? Was soll in Zukunft geschehen?", drang Ladi in Dens und Gebe, obwohl sie sich vor dem fürchtete, was sie gleich zu hören bekommen sollte.

„In Zukunft sollen die neugeborenen Jungen auf den Namen …, auf den Namen Judas getauft werden."

Ladi zeigte sich erschrocken, und der

Schreck verschloss ihr den Mund. Dann sagte sie: „Das ist viel verlangt …, da verlangt der Meister sehr viel."

„Sei unbesorgt", versuchten Dens und Gebe ihr die Angst zu nehmen, „auf dem Standesamt wird der Name Judas niemals anerkannt. Man kann sein Kind nicht einfach nennen, wie man will. Selbst der Meister ist da machtlos."

Einige Monate waren seitdem vergangen, als es in der Gemeinde heftig zu rumoren begann. Unruhe war aufgekommen, und vor allem die Erwartungen waren groß. Der Meister hatte verlauten lassen, im Anschluss an die Predigt von der Kanzel verlauten lassen, er würde am kommenden Sonntag, somit schon in einer Woche, etwas preisgeben, das in seiner Bedeutung auf Erden, wie übrigens auch im Himmel, seinesgleichen suche. Mit anderen Worten: nichts Vergleichbares ließe sich auf Erden finden … Und er fügte ein zweites Mal mit Bedacht hinzu -, wie auch im Himmel. Die Bemerkung war ihm nicht herausgeschlüpft, wie manch andere bei seinen Predigten, er hatte sie vielmehr mit Bedacht gewählt, dabei seinen strengen Blick schräg in die Höhe gehalten.

Starke Worte! Was er zu sagen hätte, ginge jedermann und jede Frau an und würde für das Leben jedes einzelnen Menschen von unermesslicher Bedeutung sein. Ja, sollte man da nicht neugierig werden? Sollte man nicht gespannt sein auf das, was da der Meister offenbaren wollte? Schließlich waren die Gemeindemitglieder daran gewöhnt, von ihm immer wieder spektakuläre Deutungen der Weltenläufe vorgesetzt, Bibelauslegungen dargeboten zu bekommen, die einem den Atem verschlugen, oder mit Aufsehen erregenden Verheißungen bedacht zu werden, deren Einlösung allerdings eine ferne Zukunft betraf. Aber nie, niemals hatte er mit derart kräftigen Farben seine Ankündigungen unterstrichen! Niemals hatte er derart wuchtige Worte gewählt, um seinen Weissagungen im Voraus Aufmerksamkeit zu verschaffen. Man durfte neugierig sein -, so viel war sicher. Denn was der Meister diesmal im Begriff war, an Geheimnissen preiszugeben, musste alles übertreffen, was bis dato von ihm zu hören war; anderenfalls würde er die Gemeinde enttäuschen und sein Gesicht verlieren. Und wenn der Meister etwas verabscheute, von Grund auf verabscheute, war es, sein Gesicht zu verlieren.

Dann war es so weit. Der große Gemeindesaal war bis auf den letzten Platz besetzt. Man hatte aus den angrenzenden Räumen noch Stühle herbeischaffen müssen, um alle, die da hereinströmten, unterzubringen. Die Kanzel, von der der Meister sprach, war über einige Wendelstufen zu erreichen. Um die Kanzel war im Halbkreis die Gemeinde voller Erwartung versammelt. Auch Dens, Gebe und

Ladi waren erschienen, allerdings ohne ihre beiden Kinder, die sie dem gemeindeeigenen Hort für diese Zeit anvertraut hatten. Die übrigen Eltern hatten ebenfalls auf die Mitnahme ihrer Kinder verzichtet, denn sie waren sich nicht sicher, ob des Meisters Worte den Ohren und Gemütern der Kleinen zuträglich sein würden. Ladi sah man ihre Schwangerschaft inzwischen an.

Jetzt war der Meister auf leisen Sohlen eingetreten. Er blieb für einen Augenblick stehen und ließ seinen Blick langsam von links nach rechts über die Köpfe der Gemeinde wandern. Kein Laut war zu hören. Dann schritt er entschlossen auf die Kanzel zu. Er trug ein weites, weißes Gewand mit weiten Ärmeln, das bis zum Boden reichte, verziert mit goldenen Borten. Unter seinem Arm hielt er einige Schriftstücke nebst seinem Prachtexemplar der Bibel. Sein langes Haar war nach hinten gekämmt, reichte bis zu den Schultern und glänzte nass. Der Ausdruck seines Gesichts war nur beseelt zu nennen; die Tiefe seiner Augen war nicht auszuloten. Ihn umfing eine Aura, durchaus wahrnehmbar für die Gemeindemitglieder, die ihn über die Niederungen alles Gewöhnlichen hinwegzuheben schien, als ob er über dem Boden auf Schaum ginge.

Als er die Kanzel erklommen hatte, legte er seine Schriftstücke und die Prachtbibel an ihren Platz, rückte sie sorgfältig zusammen, hob seinen

Blick und ließ ihn über die Häupter der Anwesenden schweifen –, von links nach rechts und dann wieder sehr langsam zurück von rechts nach links. Er hob seine beiden Hände in der Geste der Anbetung und der Ergebung und begann.

„Der Weise spricht", sagte er mit immer noch ausgebreiteten Armen, die in den weiten Ärmeln steckten, „nicht Recht haben jene, die da sagen, das ist die Wahrheit; nicht Recht haben jene, die ihnen erwidern, das ist Lüge. Recht hat nur Zebaoth und nur der Satan …, denn sie haben das Leben zwiespältig gestaltet, und das Leben hat ihnen Gestalt gegeben … Wer aber will entscheiden, was Zebaoths ist und was vom Satan stammt? Mir ist es offenbart worden, denn ich bin bevorzugt. Ich werde es euch sagen. Hört mich an!"

Dann veränderte er seine Haltung, schob seinen einen Ellbogen mit dem aufgestellten Arm auf das Kanzelpult, stützte sein Kinn in die offene Hand, während er die zweite in die Hüfte stemmte, und geriet in einen Plauderton.

„Wir haben schon oft darüber geredet, liebe Töchter und Söhne des Alltags …, schon öfters und auch seit langem … Wir alle wissen, dass die Zeit hier für uns auf Erden begrenzt ist … Das wissen alle. Der Herr hat`s gegeben, der Herr hat`s genommen. So weit, so gut … Aber das gilt in gleichem

Maße auch für das gesamte Menschengeschlecht …,
und dieses Wissen über die begrenzte Lebensdauer
der ganzen Menschheit ist für viele heutzutage neu.
Sie sind erstaunt …, da machen viele große Augen
und blasen die Backen auf." Hier machte der Meister eine kurze Pause und lächelte. „Wir aber besitzen
das Wissen seit zweitausend Jahren. Wir sind über
die Apokalypse informiert … Johannes hat uns in
Kenntnis gesetzt … Was also denn …?" Der Meister
nimmt sein Kinn aus der offenen Hand, richtet sich
auf und verschärft den Ton. „Nun kommen sie da-
her, die Wissenschaftler, und erzählen uns, was wir
seit zweitausend Jahren wissen, nämlich, dass die
Welt untergehen wird. Durch Menschenwerk wird
sie untergehen, sagen sie. Ha! Sie erzählen uns, dass
die Polkappen schmelzen und unsere Küsten über-
schwemmt werden. Ha! Wissen wir!" Der Meister
stützte sich mit ausgebreiteten Armen auf der Brüs-
tung der Kanzel ab, beugte sich, streckte den Kopf
vor und sprach in einem drohenden, leisen Ton mit
weit aufgerissenen Augen. „Denkt Ihr vielleicht, der
Herr über die Schöpfung hätte nicht genügend Wasser, um eine Sintflut herbeizuführen, wann immer
er das will?" Pause. „Dann erzählen uns die Wissenschaftler, Dürren werden sich ausbreiten und die
Erde versengen … Denkt Ihr vielleicht, der Schöp-
fer aller Welten verfüge nicht über genügend Feu-
ersbrunst und Hitze, um allerorts Dürre herbeizuführen?" Der Meister legt erneut eine Pause ein und
blickt zornig in die Runde. „Sie erzählen uns, die

Wälder würden verschwinden, und die Geschöpfe und Arten würden ausgelöscht werden. Denkt Ihr vielleicht, der Herr über alles, was da kreucht und fleucht, hätte nicht die Macht, nach eigenem Gutdünken zu vernichten wen und was, wann immer er das wolle? Braucht er da den Menschen?" Die hier eingelegte Pause ist fürchterlich. „Nein, dazu braucht er nicht den Menschen …" Und nun bricht es aus dem Meister mit aller Gewalt hervor, was daraufhin die Zuhörerschaft die Köpfe einziehen lässt. „Aber der Herr hat sich entschieden, das Werk der Zerstörung der Schöpfung diesmal den Menschen zu überlassen …, den Menschen, auf dass sich die Menschen selbst in den Abgrund stoßen …, denn lernen sollen sie es! Was also denn …? Ein für alle Mal sollten sie es lernen! Sie sind verantwortlich!"

Der Meister richtet sich zur vollen Größe auf, reckt den ausgestreckten Arm in Richtung der Gemeinde und fragt mit donnernder Stimmgewalt: „Hat denn die Sintflut, die der Herr dazumal geschickt hat, etwas genützt? Nein …, hat nichts genützt. Der Herr hat den Noah mitsamt seiner Arche gerettet, also uns und die Schöpfung … Aber hat das den Hochmut der Menschen gebrochen? Nein …, hat den Hochmut nicht gebrochen. Nun lässt der Herr das Werk der Vernichtung die Menschen selbst verrichten, auf dass sie niemals und nie jemand anderem die Schuld zuschieben können als sich selbst, liebe Töchter und Söhne des Alltags."

Die letzten Worte waren nicht mehr gut zu verstehen gewesen, denn die Schreckenslaute im Saal hatten überhand genommen und den genauen Wortlaut untergehen lassen. Danach wandte sich der Meister ausführlich der Apokalypse des Johannes zu …

Im Verlauf dieser Schilderungen hatte die Gemeinde die Gelegenheit, sich innerlich zu sammeln, überwand die Schwächeperiode, in die sie der Meister mit der unbarmherzigen Schuldzuweisung gestürzt hatte. Indem sie tief ein- und ausatmeten, schöpften sie neue Kräfte, denn die ausufernden Beschreibungen der Geschehnisse während der Apokalypse waren ein wiederkehrendes Anliegen des Meisters, und man hatte sich weitgehend daran gewöhnt. Nachdem aber die Gemeinde sich halbwegs gefangen hatte und der Meister den Untergang der Hure Babylon in ausufernden Wiederholungen ausmalte, sich daran ergötzte, wie sie - betrunken vom Blut der Heiligen - auf einem scharlachroten Tier sitzend, schließlich zu Fall gebracht wird und Prunk und Luxus gegen Qual und Trauer eintauschen muss …, begann langsam Unruhe aufzukommen. Sie rutschten auf den Stühlen, schauten zum Nachbarn und begannen gar zu tuscheln. Das bisher Vernommene war nicht das, was sie erwartet hatten und weswegen sie heute gekommen waren. Die ausführliche Darlegung der Schrecken der Apokalypse war ihnen geläufig … Sie wollten hingegen das Unerhörte vernehmen, das nie Dagewesene erfahren, die Botschaft, die auf Erden wie auch im Himmel ihresgleichen suchte, endlich mitgeteilt bekommen.

Hatte der Meister nun die aufkommende Unruhe unter seinen ihm Anbefohlenen bemerkt oder war er mit seiner Schilderung der Apokalypse einfach zu einem Ende gelangt -, wie immer es sich verhielt, der Meister setzte einen Schlusspunkt. Er schwieg. Sein Schweigen breitete sich im Saal wie eine Stoßwelle aus. Er sah mit strengem Blick in die Runde, woraufhin Stille eintrat. Alle ahnten, dass der Augenblick gekommen war, an dem der Meister sein Geheimnis preisgeben würde.

Er aber sagte dann, was wohl der Beruhigung der Gemüter dienen sollte, dass es ganz gleich sei, was auf die Menschheit zukäme; solange man an seinen Prinzipien festhalte, könne man alles aushalten … Das hörte sich wiederum eher bedrohlich an. Da öffnete sich erneut spaltbreit der Abgrund, in den zu blicken sie zu vermeiden strebten. Der Meister hob die Arme, schloss kurz die Augen, wie um in sich hineinzuhorchen und zu vernehmen, was ihm geweissagt war. Er öffnete dann die Augen und begann:

„Liebe Töchter und Söhne des Alltags, mir ist es offenbart worden, und es ist mir aufgetragen, euch einzuweihen … Deswegen hört also, was ich zu sagen habe. Nehmt es auf in euren Herzen, bewegt es in eurem Gemüt und rüstet eure Seelen, auf dass Ihr den Aufgaben gewachsen seid, die da auf uns alle zukommen ... Wie wir wissen, sind wir nicht allein. Unsere Erde, die da so verlässlich ihre Bahnen um die Sonne zieht, uns so verschwenderisch als Gäste bewirtet, ist nicht der einzige bewohnte Ort im weiten All. Wir sprachen darüber nicht nur einmal, dass in den unendlichen Weiten des unendlichen Alls eine große Anzahl von Planeten existiert ..., Planeten, die bewohnt sind ..., von Menschen bewohnt sind, die sich in der einen oder anderen Hinsicht von uns unterscheiden mögen, so wie sich bei uns der Grönländer vom Wüstensohn unterscheidet, der Albaner vom Texaner ..., aber im Wesentlichen uns gleichen. Es sind Menschen, die weinen, wenn sie Trauer verspüren, sich schnäuzen, wenn sie Schnupfen haben oder lachen, wenn ein Spaß ansteht. Das wissen wir seit langem, denn es ist mir geweissagt worden, und wir haben Gewissheit erlangt dank meines Wissens. Das also wissen wir ... Was also denn ...? Liebe Töchter und Söhne des Alltags, gehen wir einen Schritt weiter, stellen wir die Frage, was mit all den Menschen geschieht, wenn sie ihr Lebensende erreicht haben? Was geschieht mit ihnen, wenn sie ihren letzten Atemzug getan und ihr Leben beendet haben? Nun?" Der Meister wiegt sein Haupt bedächtig hin und her. „Nun, es geschieht das Gleiche, was bei uns auf Erden geschieht, sie sind dem Gleichen unterworfen wie wir, den gleichen Gesetzmäßigkeiten. Sie werden, wenn die Zeit gekommen ist, gerichtet, denn den Ganztod gibt es für sie so wenig wie für uns. Sie werden auferstehen wie wir. Das Jüngste Gericht gilt für alle … ausnahmslos … Was also denn…? Das ist uns alles bekannt. Aber nicht bekannt ist uns bisher, welche Rolle wir dabei spielen … Welche denn?"

Der Meister unterbricht an dieser Stelle seine Rede und sieht die Gemeinde mit hochgezogenen Brauen und weit geöffneten Augen fragend an. Stille. Eine Antwort scheint er nicht zu erwarten, und tatsächlich bleibt sie aus, so dass er fortfährt:

„Hier aber ist mir verkündet worden, und dabei hat der Engel meine Zunge gefasst, welche Aufgabe uns zuteil wird, und ich will euch sagen, was Ihr wissen sollt. Ist es nicht so, dass ein jeder von euch sich die Frage gestellt hat, nicht nur einmal, soviel bin ich mir sicher, sondern immer wieder, weshalb all das Leid auf Erden existiert. Weshalb all das Leid uns das Leben zeitweilig zur Qual macht. Warum wir leiden müssen …, das ungerechteste Leid ertragen? Wenn wir uns die Welt ansehen, sehen wir dann nicht mehr Leid, als wir ertragen können? Welche Antwort haben wir auf diese Fragen geben können? Was also denn …? Wir haben zutiefst unbefriedigende Antworten auf diese Fragen bisher geben müssen …, unglücklicherweise, weil wir es bisher nicht besser wussten."

Der Meister hob mit tiefem Bedauern die Schultern und wiegte betrübt den Kopf. Pause. Dann reckte er sich zur vollen Größe auf, wobei er gleichzeitig seine rechte Hand zur Gemeinde hinstreckte und sie während seiner Worte rhythmisch auf und ab schwingen ließ. „Mir aber hat sich der Himmel geöffnet, und es ist mir verkündet worden, wobei mir der Engel meine Zunge gefasst hat … Weshalb leiden wir …? Ich sage es euch, weil wir Richter sein werden …, weil wir Richter sein werden. Wir sind auserwählt! Unser Leben hier auf Erden ist eine Ausbildung, die uns befähigen soll, dereinst am Jüngsten Gericht als Richter aufzutreten …, als Laienrichter wohlgemerkt. Wir Erdenbewohner sind dazu auserkoren, dereinst am Jüngsten Gericht zu richten …, zu richten über die Menschen all der anderen Welten und Planeten, die da kreisen mögen im unendlichen All, und die eines fernen Tages vor uns stehen werden, um den Urteilsspruch entgegenzunehmen. Euren Urteilsspruch! Um aber richten zu können, erfahren wir in unserem Leben Freude und Leid, Schmerz und Zuversicht, Helligkeit und tiefste Dunkelheit, Gnade und Verlorensein … Wir müssen all die Erfahrungen machen, um gerecht urteilen zu können …, denn wir sitzen als Laienrichter zur Seite eines Engels und werden Urteile sprechen. Man kann sogar so weit gehen, zu sagen, je mehr Leid eine Person erfährt in ihrem Leben, umso mehr ist sie geeignet, gerechte Urteile zu sprechen. Unser Leben ist gleichsam eine juristische

Ausbildung zum Laienrichter am Jüngsten Gericht. Gebt also Acht in eurem Leben … Jede Erfahrung, die ihr macht, jede Erfahrung werdet Ihr später bei euren Urteilssprüchen geltend machen. Fürchtet euch hinfort vor nichts und niemandem, denn jede Erfahrung zählt zu euren Gunsten. Jeder Augenblick zählt. Alles soll euch willkommen sein. Ihr wisst, liebe Töchter und Söhne des Alltags, Petrus besitzt zwei Schlüssel … Mit dem einen ist es ihm gegeben, hier auf Erden zu binden und zu lösen …, und mit dem anderen, dem goldenen, schließt er die Pforte zum Himmelreich auf … Und Ihr redet ein Wörtchen mit, wen er einlässt."

Die letzten Sätze hatte er in einen raunenden Flüsterton übergehen lassen, eindringlich und beschwörend, was die Zuhörer im weiten Rund des Saales, die an seinen Lippen hingen, unwillkürlich veranlasste, sich vorzubeugen, um ihn besser verstehen zu können. Doch war es keine Frage der Akustik, die ihrem Verständnis Grenzen setzte. Sie nahmen jedes seiner Worte in aller Deutlichkeit auf. Vielmehr überbeanspruchte diesmal die Botschaft, die sie zu hören bekamen, ihr Auffassungsvermögen.

Dens, Gebe und Ladi waren auf dem Heimweg und in tiefem Schweigen versunken. Dens und Gebe hatten Ladi in die Mitte genommen und sich an den Händen gefasst, um sich wenigstens auf diese Weise Halt zu geben, denn was vom Meister da offenbart worden war, verursachte ihnen Schwindel bis hin zu Trittschwäche beim Gehen. Sie wussten nicht, was sie von dem Ganzen halten sollten und waren sich zutiefst unsicher. Wenn sie dem Meister Glauben schenkten, hieße das, Unvorstellbares sich vorzustellen, sich auf etwas einzulassen, das jenseits aller Erfahrung und allen Erlebens wirklich sein sollte. Wie könnte das gelingen? Gerichtsitzen über außerirdische Menschen an der Seite eines Engels am Tage des Jüngsten Gerichts ... Andererseits wagten sie sich nicht auch nur in die Nähe des Gedankens, der Meister könnte einem Irrtum aufgesessen sein ... Oder wagten sie es doch?

Ladi brach schließlich das Schweigen: „Was, wenn dem Meister etwas eingeflüstert wurde, was nicht vom Herrn kommt, sondern von jemand anderem ... Er beginnt doch immer seine Predigten mit dem Satz, Recht hat nur Zebaoth und der ..., und der Satan. Das sagt er selbst. Was, wenn ihm der Satan das eingeflüstert hat?"

„Aber Ladi", erwiderte Dens, „der Herr Zebaoth und der Satan prägen die Welt ... Das sagt er zwar, aber der Meister sagte eben auch, und das mit aller Deutlichkeit, dass es ihm gegeben sei, zu unterscheiden, was vom Herrn stammt und was der Unselige in die Welt gesetzt hat. Und wir wissen alle, wie schwer das ist, ich meine, das Richtige vom Falschen zu unterscheiden …"

Er überlegte kurz. „Wenn dir jemand sagt, das Kind da vorne, schubse es vor die U-Bahn, dann weiß jeder, die Aufforderung kommt vom Bösen. Aber Satan ist doch höchst selten derart simpel. Die Verlockungen sind doch in der Regel viel gewiefter angelegt, die Falltüren oft nicht zu erkennen. Du erkennst es oft nicht, ob nicht … Denk mal, selbst der Herr selbst ist dereinst auf die raffinierte Art der Rede von Satan reingefallen!"

„Was meinst du …, der Herr ist darauf reingefallen?" Ladi sah ihn fragend an. Auch Gebe schien überrascht.

„Na, denkt doch mal an die Geschichte mit Hiob", erinnerte Dens die beiden, „da lässt sich der Herr doch mit Satan auf eine Wette ein. Der Herr erkennt zwar den Satan, was die Sache noch schlimmer macht … Obwohl der Herr den Satan erkennt, lässt er sich auf die Wette mit ihm ein, ob Hiob wirklich ein gottesfürchtiger Mann ist oder nur fromm ist, weil ihn der Herr so reich mit irdischen Gütern versehen hat. Er hat doch alles gehabt."

„Ja, richtig, Hiob besaß alles, was man sich nur wünschen konnte. Er besaß siebentausend Schafe, dreitausend Kamele, fünfhundert Joch Rinder und fünfhundert Eselinnen und sehr viel Gesinde.

Das habe ich immer behalten, weil es so viel ist …",
Ladi lachte voll Freude, „stell dir vor …, allein fünf-
hundert Eselinnen … Was man mit denen anfängt.
Seltsam, dass Eselinnen geschrieben steht und nicht
Esel, ist doch seltsam?"

Dens geht auf die Frage nicht weiter ein
und fährt fort: „Der Herr lässt sich also tatsächlich
verführen und erlaubt Satan, dem Hiob alles zu nehmen, Haus, Hof, Weib und Kinder und all seinen
Besitz …, auch die fünfhundert Eselinnen, nur um
zu prüfen, ob Hiob auch dann gottesfürchtig bleibt,
wenn ihm alles genommen wird."

„Ist schon ein starkes Stück vom Herrn",
empört sich Gebe. „Der Satan hat den Herrn re-
gelrecht angestiftet, Böses zu tun, und der Herr tut
so, als ob er nichts dagegen machen könne. Er ist es
doch, der mit Satan wettet. Er fällt darauf rein."

„Das würde ja dann heißen", sagte Ladi und
lächelte süßlich, „der Herr wäre anfällig …, er ließe
sich verführen, wie du sagst."

„Das mit Hiob ist endlos lange her", warf
Gebe ärgerlich dazwischen, „das war im Alten Tes-
tament. Das würde dem Herrn kein zweites Mal
passieren. Heute nie mehr. Niemals." Gebe verneine-
te mit aller Entschiedenheit die erneute Irrtumsan-
fälligkeit des Herrn.

„Stimmt", gab Dens ihm Recht und kam wieder auf die Predigt zu sprechen. „Außerdem gibt das doch gar keinen Sinn, wenn das von Satan käme … Ich meine, Laienrichter zu sein, ist doch etwas Gutes, etwas, was Gerechtigkeit schafft und nicht zerstört."

„Letztes Jahr", sagte Gebe, „habe ich mich hier bei unserem Gericht als Laienrichter, also als Schöffe, beworben."

„Und?", fragte Ladi. „Davon weiß ich ja gar nichts." „Ich auch nicht", staunte Dens. Die beiden waren von Gebes Schritt überrascht.

„Sie haben mich abgelehnt", sagte Gebe knapp.

„Warum denn das?", wollten sie wissen.

„Sie haben mich unter anderem gefragt", erklärte Gebe, „ob ich einer Religionsgemeinschaft angehöre, und ich habe gesagt, dass ich der Gemeinde des Meisters angehöre … Und da haben sie mich nicht genommen. Sie halten uns für befangen." Er zuckte resigniert mit den Schultern und holte tief Atem.

Ladi und Dens sahen Gebe erschrocken an. „Das ist gemein von denen", entrüstete sich Ladi,

„richtig gemein."

„Das ist das Letzte", pflichtete ihr Dens bei. „Was geht die unser Glauben an! Das eine hat doch mit dem anderen nichts zu tun."

„Sie wollen uns ausgrenzen … Sie halten uns für Schwärmer, für Spinner. Sie denken, wir seien nicht in der Lage, vernünftig zu urteilen."

„Weißt du", sagte Dens, „du könntest jetzt zu denen hingehen …, also zum Gericht, gehst dort in das Büro und sagst dem Schlaumeier, der dich aussortiert hat, du seiest an dem Posten des Laienrichters nicht mehr interessiert …, überhaupt nicht mehr."

„Genau", unterbrach ihn Ladi, „das machst du, und du sagst ihnen, du hättest ein anderes Angebot erhalten …, auch als Laienrichter, aber eben von woanders."

Plötzlich begann sie zu lachen, erst war es ein Kichern, aber dann ein immer lauteres Lachen. „Du würdest dich jetzt … verantwortungsvolleren … Aufgaben zuwenden wollen …" Sie bekam ihr Lachen nicht mehr unter Kontrolle, es platzte aus ihr heraus, schrill, beinah hysterisch. „Man hätte dich …", sie versuchte ihren Satz zu beenden, „seitens des Jüngsten …, des Jüngsten Gerichts gebeten

...", sie bog den Kopf zurück und lachte lauthals, wobei sie die Hände auf ihren gespannten Bauch legte, und war nicht im Stande, weiterzureden. Dens ließ sich als Erster anstecken. Auch er begann zu lachen und ergänzte den Satz unter Mühen, den Ladi nicht mehr herausbrachte: „Als Laienrichter ... am Jüngsten Gericht zu amtieren ... Nein, ist das verrückt ..., das hält man ja nicht aus ..." Dens wurde von Lachkrämpfen geschüttelt und hieb immer wieder Gebe auf die Schultern, bis auch Gebe in das Lachen einfiel, erst verhalten, dann schnell ausufernd, bis er sich wie von Sinnen unter dem Ansturm der Lachsalven krümmte.

„Du würdest an der Seite eines Engels ...", er schlug sich auf die Schenkel, „... an der Seite eines Engels ..., hört Ihr ..., das Laien ... richter ... amt ausüben ..., an der Seite eines Engels, wohlgemerkt!" Er schrillte mehr, als dass er lachte. „Das Gesicht von dem Schlaumeier möchte ich sehen, wenn du ihm das sagen würdest", rief Ladi und rang nach Luft.

Alle drei hielten kurz inne und versuchten, sich zu beruhigen. Vergeblich. Jetzt überkam es wieder Dens und Gebe mit aller Macht, so dass sie in die Knie gehen mussten, um ihr Gleichgewicht zu halten. „Allerdings erst am Sanktnimmerleinstag ... in ferner Zukunft ..., in sehr ferner ... Und zwar halten wir dann Gericht ...", sie brachten keinen klaren Satz heraus und stammelten nur noch unter Atemnot, „… halten … Gericht … über die Menschen von den anderen Planeten …, ja, Sie haben richtig verstanden, Sie Schlaumeier …, den anderen Planeten …" Sie stützten sich nun gegenseitig, um sich Halt zu geben und nicht gänzlich dem Lachkoller zu verfallen. „Wir halten … Gericht … über die Außerirdischen …, wir geben Petrus Empfehlungen …, wen er ins Paradies lassen soll. Petrus ist auf unsere Expertise angewiesen … Was halten Sie davon, Schlaumeier?"

Sie reizten die Situation noch einige Zeit aus, warfen sich gegenseitig immer wieder die Stichworte zu, die ihre Ausgelassenheit aufs Neue befeuerten und lachten sich endlich von der Bürde des Laienrichters beim Jüngsten Gericht frei. Schließlich verstummten sie, glucksten noch einige Male und gewannen nach und nach ihre Fassung wieder. Sie setzten schlendernd ihren Weg fort, wollten aber, bevor sie die Kinder aus dem Hort holten, noch besprechen, was nun zu tun sei, was sie mit dem, was der Meister ihnen offenbart hatte, eigentlich anfangen sollten. Sie waren tief in ihrem Inneren doch eher verzagt, als begeistert von der Aussicht auf ihr Richteramt dereinst am Jüngsten Gericht. Sie wollten aber dem unangenehmen Gefühl entrinnen, und deshalb schlug Ladi nach einigem Nachdenken vor:

„Ich bin der Meinung, wir sollten dem

Meister unser Vertrauen schenken. Schließlich könnte man unser Lachen … und was wir eben so alles von uns gegeben haben auch anders deuten …"

„Man kann ja mal über etwas lachen", sagte Gebe, „auch wenn es Dinge sind, die vom Meister kommen."

„Schon, das ist schon recht …", gab Ladi zu, „aber wir haben uns eben richtig lustig gemacht über des Meisters …, des Meisters Visionen. Jedenfalls könnte man das meinen, wenn uns jemand beobachtet hätte. Wobei es gar nicht darum geht, ob uns jemand gesehen hat oder nicht … Es geht darum, dass wir uns über ihn richtig lustig gemacht haben. Das gehört sich eigentlich nicht …, eigentlich nicht. Oder was meint Ihr?"

„Der Meister hat sicher nichts dagegen, wenn wir lachen", wandte Dens ein, „er weiß um die Nähe von Heiligkeit und Heiterkeit."

Ladi schüttelte bestimmt den Kopf. „Er hat uns bisher noch nie enttäuscht, hat uns ganz im Gegenteil immer Halt gegeben, uns den Weg gewiesen, und wir sind mit ihm, alles in allem, sehr gut gefahren. Jetzt wollen wir ihn auch nicht enttäuschen." Sie nickte sich selbst bestätigend zu. „Wir sollten ihm ein Zeichen geben, dass wir an ihn glauben …, irgendetwas für ihn tun, was er sich gewünscht hat."

„Wenn wir darüber gelacht haben, heißt das ja nicht, dass wir ihm keinen Glauben schenken", versuchte es Gebe noch einmal.

„Nein, das heißt es auf keinen Fall", pflichtete ihm Dens bei, „man kann auch über etwas lachen, an das man glaubt."

Sie schwiegen und setzten ihren Weg fort. Auch Dens und Gebe schienen bedrückt zu sein. Sie hatten alle drei das Gefühl, nicht recht gehandelt, dem Meister die notwendige Ehrerbietung versagt zu haben, indem sie sich lustig gemacht und vor Lachen ausgeschüttet hatten. Jetzt verstanden sie gar nicht, wie sie so hatten lachen können ..., wie sie sich so hatten gehen lassen können.

In Überlegungen vertieft, was zu tun sei, um vor sich selbst, vor ihrem Gewissen ihr Fehlverhalten mit einer angemessenen Handlung auszugleichen, um aber auch dem Meister zu Gefallen zu sein, schlug Ladi schließlich vor, und dabei legte sie die Hände schützend auf ihren Bauch:

„Hatte der Meister nicht vor einiger Zeit über Judas gesprochen?" Sie wandte sich an Dens und Gebe. „Ihr wart doch dabei und habt ihn gehört. Er hat uns doch aufgefordert, Neugeborene, also neugeborene Jungen auf den Namen ..., auf den Namen Judas zu taufen. War es nicht so? Der

Name sollte geehrt werden? Nicht wahr? Weil, weil … er in ein schiefes Licht geraten sei, in Wirklichkeit aber …" Sie schaute ihre beiden Männer dabei beunruhigt an. „Stellt euch vor …"

Dens und Gebe nickten. Sie zeigten sich betroffen, als ob man sie bei etwas Unangenehmem ertappt hätte, aber sie nickten und sagten zu Ladi, ja, so sei es gewesen, der Meister hätte den Judas aus der Dunkelheit und Verworfenheit, in denen sein Name gefangen war, in das helle Licht der Gottesnähe rücken wollen. In der Tat habe der Meister die Empfehlung ausgesprochen, Neugeborene auf den Namen Judas zu taufen …, neugeborene Jungen selbstverständlich.

„Aber die auf dem Standesamt lassen das nie und nimmer zu", sagte Dens, „niemals." „Nein, das werden die nicht akzeptieren", meinte auch Gebe.

„Man kann es doch aber mal versuchen", beharrte Ladi, „wenn es nicht geht, geht es nicht, aber man kann es doch einmal versuchen."

In dieser Nacht träumten sie schwer. Sie erlebten sehr ähnliche Träume, die sie in äußerste Unruhe versetzen und die sie auf beklemmende Weise bedrängten. Sie sahen sich in der Rolle derer, die zu urteilen haben beim Jüngsten Gericht, sahen in einem verhangenen Dämmerlicht endlose Reihen von tief betrübten Menschen an sich vorüberziehen, die ergeben ihren Schiedsspruch erwarteten. Sie aber vergossen Tränenströme des Mitleids und konnten nicht erkennen, wer Schuld trägt und wer ohne ist. Der neben ihnen sitzende Engel ermahnte sie, ohne dass sie verstanden, worin die Ermahnung bestand. Gegen Morgen wachten sie in tränennassen Betttüchern auf.

Dens und Gebe näherten sich von der Hauptstraße her dem Rathaus, dessen Fassade in der ehrwürdigen Farbe von Ochsenblut getüncht ist, überquerten den Platz mit dem gekreuzigten, steinernen Heiland, der von zwei kugelförmigen Platanen flankiert wird, nahmen die wenigen, flachen Stufen und öffneten schließlich die schwere Tür des Rathauses, eines historischen Baus aus dem Ende des 15. Jahrhunderts. Im Eingangsbereich standen einige Besucher, die Formulare in den Händen hielten und diese ratlos durchblätterten. Sie gingen weiter, schritten durch die Schwingtür und wandten sich zum Gang linkerhand, an dessen Ende sich das Standesamt befindet, was ihnen bekannt war, denn einmal hatte schon Dens seine Tochter Flia dort angemeldet und einmal Gebe seinen Sohn Huit. Sie klopften an der Tür, warteten aber erst gar nicht eine Aufforderung ab, sondern waren so frei, einfach hineinzugehen. Der Raum wurde durch einen langen Tresen geteilt, hinter dem die Mitarbeiter der Verwaltung telefonierten, schrieben, ihren Aufgaben nachgingen. Vor dem Tresen standen einige Auskunftbegehrende, womöglich auch Heiratswillige, die das Aufgebot bestellen wollten. Sie durchquerten den Raum und gelangten zu dem hinteren Zimmer, dessen Tür offenstand und in dem die Geburten angemeldet werden. Sie traten ein und sahen einen Desktop, hinter dem ein …, ja, wie sagt man zu solch einem Menschen, fragten sich Dens und Gebe stumm in aller Eile …, ein man of colour saß, ein farbiger Mann, ein junger schwarzer Mann, den sie noch niemals zuvor im Rathaus oder außerhalb gesehen hatten. Das Einzige, was weiß an ihm war, waren seine Zähne. Sie versuchten ihre Überraschung zu verbergen, was ihnen offenbar nicht sehr gut gelang, denn als sie vor dem Tresen standen und der Verwaltungsangestellte seinerseits sie von seinem Platz aus musterte, sagte dieser schließlich und lachte: „Fach ... kräfte … mangel …" Er hob die Hände in einer Geste der Hilflosigkeit. „Kann nichts machen … Die Einheimischen wollen nicht in der Verwaltung arbeiten …, schlechte Bezahlung, meinen sie …, ha, ha, ha … Jetzt bin ich hier."

Der Verwaltungsangestellte hatte sich erhoben, war auf sie zugekommen und zeigte ein breites Lachen. Er hatte ein gutes Deutsch gesprochen, allerdings mit einem deutlichen Akzent und einem körnigen Unterton, die auf seine afrikanische Herkunft hinwiesen. Er rückte sein Namensschild auf dem Tresen zurecht, so dass gut sichtbar auf dem Plastikreiter zu lesen stand: Jude B. Abdallah Maulidi.

Dens und Gebe lasen wie vom Donner gerührt den ersten Vornamen auf dem Schild, das da auf dem Bürotresen stand, und sahen sich wortlos an. Dann starrten sie mit offenem Mund auf Herrn Maulidi, bis dieser - irritiert durch dieses seltsame Benehmen - versuchte, sie aufzuklären. Er käme nämlich aus Tansania, sei auf eine deutsche Schule gegangen und mit seinen Eltern seit fünf Jahren in Deutschland, hätte die Verwaltungsfachschule in Speyer ...

Dens fand als erster die Sprache wieder. „Herr Maulidi", fragte er, „wofür steht denn das B in Ihrem Namen?"

Herr Maulidi schien über die Frage erleichtert zu sein, denn die Sorgenfalten auf seiner Stirn, die sich während der Schilderung seiner Herkunft gebildet hatten, verschwanden sogleich, und er lachte erfreut auf. „B ..., ha, ha, ha ..., ich heiße auch Blasius. Mein Pate war deutscher Pfarrer in Tansania. Ihm zu Ehren ... ich heiße Blasius ... Schöner Name, schöner Name ... wirklich." Er klatschte in seine Hände.

„Ja, ja", Dens und Gebe nickten, „ein sehr

schöner Name …“

„Und“, hakte Dens nach, „Jude …, was ist das …, was ist das für ein Name? Ich meine …“

„Jude ist …“, Herr Maulidi vollführte mit seinen Händen eine unbestimmte Geste und fasste sich dann an die Brust, „Jude ist mein Name …, ist englisch … Blasius ist deutscher Name … Jude ist englischer Name … Abdallah ist Tansania. Sind alles meine Namen.“ Stolz, im Besitz dieser Namen zu sein, lächelte Herr Maulidi den beiden zu.

„Und Jude …“, versuchte es jetzt Gebe noch einmal.

„Jude ist englisch“, wiederholte Herr Maulidi, „Jude heißt ‚Der Gelobte‘…, ist auch ein schöner Name … Gibt es nicht im Deutschen? Gibt es doch …, oder?“

Dens zögerte mit der Antwort, sagte dann ein wenig verwaschen: „Nicht so …“

Gebe hatte sich ebenfalls mit der Antwort zurückgehalten, dann aber zur gleichen Zeit wie Dens, nur etwas lauter, gesagt: „Doch … schon …, aber eher selten.“

Herr Maulidi sah von einem zum anderen

und gab gerne Auskunft: „Jude ist ein sehr beliebter Name ... in Englisch ... Jude Law, kennen Sie den Schauspieler? Jude Law?" Er sah Dens und Gebe forschend an. „Jude Law?" Diese mussten zu ihrem Leidwesen verneinen. Sie sahen so gut wie nie Filme.

„Macht nichts", sagte Herr Maulidi nach kurzem Zögern, aber mit spürbarem Bedauern. Er wandte sich jetzt Dens und Gebe aufmunternd zu. „Wer von euch ist denn Vater? Gratulation ... Wem kann ich denn die Gratulation ...?" Er schaute sie abwechselnd an.

Dens und Gebe waren jetzt ganz ohne Frage außer Tritt geraten und keineswegs Herren der Situation. Ja, wer ist denn jetzt der Vater? Sie guckten sich verdutzt an, denn diese Frage könnten sie erst beantworten, wenn die Gesichtszüge des Kindes so ausgeprägt waren, dass eine Ähnlichkeit mit einem von ihnen festzustellen war. Und sie hatten es versäumt, sich auf diese Frage eine Antwort zu überlegen. Das konnten sie Herrn Maulidi schwer erklären.

So sagten sie nach einigem Zaudern, nichtsdestoweniger entschlossen: „Wir wissen es noch nicht ..., aber einer von uns beiden ist es."

„Mit Sicherheit", fügte Gebe beruhigend

hinzu, als er das verwirrte Gesicht des Verwaltungsangestellten sah, „es ist nur noch nicht klar, wer …,
wer der biologische Vater ist … An sich sind wir
beide Vater … Ja, beide sind wir Vater."

Jetzt war es an der Reihe von Herrn Maulidi erstaunt zu sein. „Ooch", fuhr es aus ihm heraus,
„ein …, ein heikler Fall. Hatte ich bisher noch nicht
…, bin aber erst eine Woche hier."

Er griff zu einem Formular und zu einem
Stift und sagte: „Gut, dann gehen wir mal alles durch.
Unsere EDV ist kaputt, ich schreibe alles auf." Dabei
lachte er Dens und Gebe auf das Freundlichste an.
„Also, hier wird nach den Namen der Eltern gefragt
…, nach dem Namen des Vaters und nach dem Namen der Mutter. Wie steht's damit? Zum Beispiel
mit der Mutter?"

„Schön, wir beginnen mit dem Namen der
Mutter … Da herrscht auf jeden Fall Klarheit. Sie
heißt mit Vornamen L a d i", betonte Dens, „aber
warten Sie, ich habe ihren Ausweis dabei und ihre
Geburtsurkunde."

Er kramte in seiner Jackentasche und legte
beides auf den Tresen. Herr Maulidi nahm den Ausweis und betrachtete ihn eingehend.

„Ladi kann man aus Buchstaben von Maulidi zusammensetzen", sagte er behutsam, „in Maulidi steckt Ladi." Er sah sie bedeutungsvoll an. „So etwas nennt man Anagramm. Das haben wir oft in der Schule in Tansania geübt …, um die Sprache zu lernen. Habe ich oft gemacht." Er fixierte immer noch den Ausweis mit dem Bild von Ladi. „Schöne Frau …, sehr schön."

Dens und Gebe guckten ihrerseits Herrn Maulidi verwundert an. Es war weniger der Umstand, dass Herr Maulidi an diesem Ort, hier im Rathaus, auf die Möglichkeit eines Anagramms hinwies, das sich aus Maulidi schöpfen ließ, als dass es sie seltsam berührte, wenn Herr Maulidi Derartiges so leichthin behauptete … So wie er das einfach gesagt hatte, in Maulidi würde Ladi stecken. Es kam ihnen irgendwie unschicklich vor, andererseits ließ sich schwer etwas dagegen einwenden. Bei Anagrammen ist das so. Also ließen sie es gut sein.

Herr Maulidi schrieb inzwischen die Angaben zur Person der Mutter in das Formular. „Schöner Vorname … Ladi", sagte er anerkennend, „ist selten …, hab' ich noch nie gehört …, wirklich schön …, aber die beiden anderen auch … Christine und Sigrid auch schön", fügte er begütigend hinzu.

Dens und Gebe nickten, verspürten aber keine Notwendigkeit, weitere Erklärungen über das Zustandekommen dieses Namens abzugeben, und nickten nur.

„Und Vater …", Herr Maulidi schaute Dens und Gebe amüsiert an, „was machen wir nun mit dem Vater?"

Dens und Gebe waren ratlos und blickten verunsichert Herrn Maulidi an.

„Ich kann Sie hier nicht beide als Vater aufschreiben", er tippte mit dem Finger auf das Formular. Da ist nur Platz für einen Vater." Er gluckste vor Vergnügen. „Was machen wir nun?" Er schaute die beiden erwartungsvoll an. „Ich nehme an, Sie leben beide zusammen mit Frau Ladi?", schlug er vor.

Die beiden nicken als Bestätigung.

„Na, dann kann es nur darum gehen …, einer von Ihnen … erklärt sich als Vater … oder", Herr Maulidi zeigte ein Gesicht tiefen Bedauerns, ja fast Schmerzes, „Frau Ladi wird allein in die Geburtsurkunde eingetragen und ist allein sorgeberechtigt … mit allen Konsequenzen. Das wäre absurd …, völlig verrückt. Das habe ich noch nie erlebt … Da kommen zwei Väter, um ein Kind anzumelden …, und die Mutter ist letztlich ohne Mann …"

Dens und Gebe schauten betreten drein. Ihnen war klar, dass sie das nicht wollten. Ein Vater musste her. Auf jeden Fall.

„Nein, nein, das wollen wir nicht", erklärten beide mit Nachdruck, „einer von uns übernimmt das. Wählen Sie aus …, einen von uns beiden."

„Wer? Ich?" Herr Maulidi schlug sich mit der gespreizten Hand an die Brust und riss die Augen auf.

„Ja …, warum nicht …? Wählen Sie, bevor wir uns streiten, wer übernimmt, wer der Vater sein soll … Wählen Sie einfach einen von uns beiden."

Herr Maulidi straffte sich, schloss sodann die Augen und bewegte seinen Zeigefinger im Wechsel von Dens zu Gebe und wieder von Gebe zu Dens, während er in einer unverständlichen Sprache etwas vor sich hin murmelte. Er stoppte auf einmal abrupt, öffnete die Augen, wobei sein Finger auf Gebe deutete.

„Herzlichen Glückwunsch, Vater", sagte er zu Gebe, wobei er laut lachte und seine Hand zur Gratulation ausstreckte und mit der anderen ihm auf die Schulter klopfte, „jetzt haben wir eine Mutter und einen Vater." Er gab auch Dens die Hand. „Sie haben verloren, aber Sie waren ein fairer Verlierer." Wieder ein lautes, ansteckendes Lachen.

„Was haben Sie denn da eben vor sich hingemurmelt?", fragte Dens amüsiert.

„Das war ein Abzählreim, ein Kinderreim … auf Swahili … aus Tansania, ja, ja … Swahili." Herr Maulidi strahlte förmlich, als er das sagte.

„Ein Kinderreim …, was Sie nicht sagen." Dens und Gebe staunten.

„Aber kommen wir jetzt zu … Sie wollen doch eine Geburt anmelden? Also das Baby. Lassen Sie mich mal raten … Ein Junge?"

„Ja, ein Junge."

„Hab's doch gewusst", Herr Maulidi war begeistert und riss seine Faust in die Höhe. „Ich rate immer vorher … und hab meistens Recht …, also ein Junge." Er nahm das Formular wieder zur Hand. „Geboren … Wann ist er denn zur Welt gekommen?"

Gebe, nun offizieller Vater, gab souverän das Datum bekannt.

„Gut", sagte Herr Maulidi und schrieb es auf, „und dann der Name. Wie haben Sie gewählt? Manchmal kommt jemand ohne Namen … Sie sind von der Geburt überrascht …, man soll es nicht glauben."

„Judas", sagte Dens. Gebe sah Dens verärgert an, fühlte sich überrumpelt, war doch gerade ausgemacht, dass er der Vater sei.

„Judas", wiederholte Herr Maulidi und runzelte die Stirn, „was ist das? Sie sind nicht der Vater … Was sagt der Vater?"

„Das ist die deutsche Version Ihres schönen Namens. Jude ist englisch und Judas ist die deutsche Entsprechung", sagte Dens ungefragt und wandte sich Gebe zu, „stimmt's?"

Gebe nickte, war ein wenig blass geworden, nickte aber tapfer und bekräftigte, was Dens gesagt hatte: „Ja, uns gefällt Judas …, wir nehmen die deutsche Fassung. Der Junge soll Judas heißen."

Herrn Maulidi schien es unbehaglich zu Mute zu werden. Er fuhr mit dem Finger entlang seines Hemdkragens und ließ seine Blicke durch den Raum schweifen. „Judas ist etwas … Das Baby wird ein Kind und bleibt lange ein Kind … Möchten Sie vielleicht … noch einen Namen? Einen zweiten Vornamen? Den von einem Paten oder Onkel …?"

„Ist gut", sagte Gebe, „wir nehmen noch Blasius."

„Was …? Wie kommst du denn darauf? Was

sollen wir mit Blasius?", brach es aus Dens heraus.

„Wir brauchen einen Ausweich…, einen Namen, den man mal braucht, wenn … Wir brauchen noch einen zweiten Namen, Herrgott nochmal."

„Aber Blasius …, ausgerechnet Blasius …, da gibt es doch was Besseres", gab Dens ärgerlich zurück.

„Blasius ist besser als …, auf jeden Fall ist Blasius besser als nichts."

„Aber es gibt doch noch andere Namen …"

„Ich bin der Vater", beharrte Gebe, „wir nehmen Blasius. Hier unser Freund, Herr Maulidi, heißt Jude und Blasius und kommt damit gut zurecht. Er arbeitet mit diesen Namen im öffentlichen Dienst … in der öffentlichen Verwaltung … Also, alles bestens. Es geht also."

Herr Maulidi war dem Gespräch zwischen Dens und Gebe aufmerksam gefolgt und sichtlich geschmeichelt, als in Erwägung gezogen wurde, dass sein Name Blasius, den er bisher nur modisch abgekürzt mit einem B. führte, nun in vollem Umfang dem Neugeborenen zuteil werden sollte. Den Einwand dessen, der gar nicht Vater war, übersah er höflich. Als dann aber der gesetzliche Vater mit allem Nachdruck auf den Gebrauch dieses Namens Blasius bestand, gegen den Widerstand des anderen Vaters, war Herr Maulidi geradezu entzückt. Er fühlte in sich den Impuls zu einer generösen Geste:

„Wollen Sie vielleicht meinen zweiten oder richtig … meinen dritten Namen auch? Den aus Tansania …, Abdallah? Wollen Sie? Ein schöner Name, Abdallah", bot er voller Freude an.

„Warum nicht … Jetzt, wo wir schon mal dabei sind", sagte Gebe, „nehmen wir … Wir nehmen Abdallah dazu … Dann haben wir alles."

Dens starrte ihn fassungslos an.

Auf dem Heimweg hatten sie zunächst heftig gestritten, denn Dens war mit der seiner Meinung nach überhasteten Namenswahl unzufrieden. Ihm wollte nicht einleuchten, weshalb es unbedingt sein musste, die beiden Namen des Verwaltungsangestellten einfach so, mir nichts, dir nichts, zu übernehmen:

„Der hätte doch auch ganz anders heißen können. Man kann doch nicht den Namen seines Sohnes von dem eines Verwaltungsangestellten abhängig machen -, ach, was sage ich, d i e Namen seines Sohnes von d e n Namen eines Verwaltungsangestellten …"

Was ihn aber noch weit mehr wurmte, war die offizielle Vaterschaft, die in einem Akt windgeschwinder Willkür Gebe zugesprochen worden war und ihn in die zweite Reihe, wenn nicht gar in die Bedeutungslosigkeit stieß. Wer loste denn, so fragte er sich, aber auch Gebe, Vaterschaften aus. Das sei doch mehr als unüblich. Hatte sich doch schon gleich hier im Standesamt gezeigt, dass, sobald es ernst würde, nur der offizielle Vater entscheiden dürfe, und er, der möglicherweise – man wisse es eben nicht - der einzige und richtige Vater sei, nur die Rolle des Zaungastes einnehmen würde. Nachdem Dens sich als Zaungast bezeichnet hatte, tippte sich Gebe an die Stirn. Dens aber ließ nicht locker und fuhr fort zu lamentieren, dass er sich benachteiligt fühle, an den Rand verbannt sehe, wenn überhaupt eine, dann allenfalls die zweite Geige spielen dürfe, und im Übrigen sei es doch ein Unding, die Vaterschaft mittels eines afrikanischen Abzählverses ermitteln zu wollen. Da platzte es aus Gebe heraus: „Wärst du bestimmt worden, würdest du keinen Ton dagegen sagen …, keinen Ton! Du wärst höchst zufrieden, trotz afrikanischen Abzählreims." Daraufhin schwiegen sie und setzten ihren Weg fort, ein jeder in seinen Gedanken.

„Er hat sich von dem Verwaltungsangestellten total einwickeln lassen", eiferte sich Dens. Sie saßen zu dritt am Küchentisch, tranken Kaffee und versuchten Ladi den Hergang auf dem Standesamt zu erklären. Ein Körbchen mit Keksen stand bereit, aber bisher hatte keiner danach gegriffen.

„Der Verwaltungsangestellte Herr Maulidi heißt mit Vornamen Jude, also heißt unser Kind Judas … Herr Maulidi heißt Blasius, also muss unser Kind auch Blasius heißen … Und das Tollste, Herr Maulidi heißt auch noch Abdallah, und unser Kind, oder soll ich sagen euer Kind …", bei Dens schwollen die Schläfenadern sichtbar an, „heißt jetzt auch noch Abdallah." Dens klatschte sich mit der flachen Hand an die Stirn.

Gebe saß mit vor der Brust verschränkten Armen stocksteif auf seinem Stuhl und ließ die Vorwürfe über sich ergehen. Ladi gelang es nach und nach, dahinterzukommen, was sich auf dem Standesamt ergeben hatte.

„Hör auf", sagte sie scharf zu Dens, „es ist nun einmal so, dass in einem Dokument nur einer als Vater eingetragen werden kann, und nun ist es Gebe … Das hat für uns keinerlei Bedeutung. Du bist in gleichem Maß Vater wie Gebe."

„Aber die Namen", begehrte Dens auf, „die Namen für den Jungen hat er gleich nach eigenem Gusto festgelegt …, der Amtsvater. Ich bin nicht gefragt worden."

„Höre Dens", versuchte Ladi zu beruhigen, „da hat der Herr uns ein Zeichen gegeben. Ihr solltet doch versuchen, dem Kind den Namen Judas zu geben … um des Meisters Willen. Da heißt nun der Standesbeamte wundersamerweise Jude. Ein Mirakulum! Wenn das kein Zeichen ist!"

„Maulidi heißt der Standesbeamte", wirft Dens ein, „Maulidi mit Nachnamen, und der hat gesagt, dass du in seinem Namen steckst."

„Wer, ich?", fragte Ladi.

„Ja, ja", bekräftigte Dens, „du steckst in ihm."

„Ach", erklärte Gebe, „ein Anagramm. Maulidi meinte, deinen Namen könne man aus den Buchstaben seines Namens bilden …, stimmt auch … Das habe er früher in der Schule gemacht, in Tansania, neue Wörter aus den Buchstaben eines gegebenen Wortes zu bilden. Ein Anagramm eben. Ist nichts dabei."

„Maulidi hat Gebe mit einem afrikanischen Kinderreim zum Vater gemacht …", Dens kam darüber nicht hinweg, „mit einem Abzählreim! So wie ene mene muh, nur auf Afrikanisch."

„Auf Swahili", verbesserte Gebe.

Dens blies hörbar Luft aus.

Ladi schaute für einen Moment irritiert, fasste sich dann aber.

„Also, man muss schon festhalten, dass wir unser Ziel, dem Kind den Namen Judas zu geben, gegen jede Wahrscheinlichkeit erreicht haben. Dabei ist uns dieser Herr Maulidi zu Hilfe gekommen. Für mich eindeutig ein Zeichen des Herrn. Und die beiden anderen Namen, Blasius und Abdallah, finde ich auch nicht schlecht. Man muss mal bedenken", sie nickte anerkennend mit dem Kopf, „Herr Maulidi ist Afrikaner ... Und er hat es mit diesen drei Namen geschafft, im Öffentlichen Dienst einer deutschen Kreisstadt angestellt zu werden. Das zeugt doch von einer ungeheuren Wirkungsmacht dieser drei Namen ..."

„Ja", sagte Gebe, „so verstehe ich es auch. Die drei Namen vereint etwas Magisches. Judas, Blasius und Abdallah ... Es sind die drei Offenbarungsreligionen, die drei Namen repräsentieren Judentum, Christentum und den Islam. Wir haben bei unserem Kind das Beste gewählt."

„Wir werden uns an die Namen gewöhnen ..."

Dank

Gestaltung des Covers, Design und Satz hat erneut der Grafiker Konrad Grimm übernommen und mit feinem Gespür dem Buch ein repräsentatives Aussehen verliehen.

Dr. Petra Gold war wieder so freundlich, das Manuskript streng zu prüfen und bei der Fehlersuche fündig zu werden. Zudem hat sie wertvolle Hinweise zum Inhalt geben können. Für etwaige Ungenauigkeiten und Irrtümer ist allein der Autor verantwortlich

Weitere Bücher von Achim Fischer:

Die Gans   ISBN 978-3-943977-57-8
Der Ochsenfurter Novellen erster Band, S. 110, 2016

Achim Fischer

Die Frau

Geschichten vom Main
und vom Rest der Welt

Der Ochsenfurter
Novellen zweiter Band

gemma

Die Frau   ISBN 978-3-940449-14-6
Der Ochsenfurter Novellen zweiter Band, S. 122, 2016

Die Ochsenfurter Novellen „Die Gans" und „Die Frau"
sind zurzeit nur bei achimfischer-och@web.de
für jeweils 10 Euro incl. Versandkosten zu erhalten.

Die Fülle
Irrzählungen aus dem Leben des Herrn F., S. 274, 2018

ISBN 978-3-9818430-7-1

Portofrei auch erhältlich bei: achimfischer-och@web.de
zum Preis von 14 Euro

Achim Fischer

Schreibagentur ARCO
und das
Apostelprojekt

Schreibagentur Arco
und das Apostelprojekt, S. 192, 2022

ISBN 978-3-754379189

Portofrei auch erhältlich bei: achimfischer-och@web.de
zum Preis von 12 Euro

Achim Fischer

BÜRGERMEISTER DOMBROWSKI

UND DIE VIA ROMEA

Bürgermeister Dombrowski
und die Via Romea, S. 129, 2022

ISBN 9783739200675

Portofrei auch erhältlich bei: achimfischer-och@web.de
zum Preis von 10 Euro

Achim Fischer

Frieders letztes Lachen –
nachgereichte baltische Erzählungen

Frieders letztes Lachen –   ISBN 9783757891893
nachgereichte baltische Erzählungen, S. 214, 2023

Portofrei auch erhältlich bei: achimfischer-och@web.de
zum Preis von 15 Euro